HANA HEŘMÁNKOVÁ

Drobotiny

Kleinigkeiten

Text a foto © Hana Heřmánková
ISBN 978-80-87373-68-2

Hana Heřmánková

Drobotiny

Kleinigkeiten

Nakladatelství Klika

Paní učitelka

Když jsem se z dětského oddělení po roce vrátila na hygienickou stanici, tak mě můj šéf, okresní hygienik, uvrtal do vyučování na zdravotnické škole. Dojížděla jsem jednou týdně do Rumburka a učila budoucí dětské sestřičky mikrobiologii, epidemiologii a hygienu. Tak se ten předmět i nazýval. Děvčatům bylo kolem sedmnácti, já byla o dvanáct let starší. Neměla jsem žádné pedagogické vzdělání, zkušenosti ani nadání. Takže to s mou autoritou nebylo nejlepší. Holky žvanily a neměly zájem se něco dozvědět o streptokocích, stafylokocích, ani dětské infekční choroby je nechytly, natož čističky odpadních vod. Tak jsem si vymyslela chyták.

„Děvčata, když budete poslouchat a napíšete krátký kontrolní test, tak vám budu vyprávět příhody ze stopování." Ztichly, a až na několik výjimek nakreslily řetízky streptokoků a hrozny stafylokoků. Občas mě ale uzemnily, například když mi jedna vážně sdělila, že původcem chřipky je acylpyrin. No dobře, splést se může každý. Tak ta jedna příhoda, kterou jsem si je podplácela, je tato:

Měla jsem přítele, dělal tehdy sportovního referenta na nějakém dětském táboře v Tatrách. Jednak se mi po něm zastesklo, a také jsem se chtěla do těch Tater podívat.

Frau Lehrerin

Als junge Ärztin in der Tschechoslowakei kam ich nach einem Weiterbildungsjahr in der Kinderabteilung eines Krankenhauses zurück ins Gesundheitsamt, wo mich mein Chef sofort zum Unterricht in der Gesundheitsschule verdonnerte. Er hatte dort ein paar Jahre selbst unterrichtet und es machte ihm keinen Spaß mehr. Ich sollte ein Schuljahr lang mit einer Unterrichtsstunde wöchentlich den zukünftigen Kinderkrankenschwestern Mikrobiologie, Epidemiologie und Hygiene beibringen. Die Mädchen waren 17 Jahre alt, ich war ungefähr 12 Jahre älter. Ich hatte keine pädagogische Ausbildung, keine Erfahrung und keine Begabung als Lehrerin. Die Mädels quatschten ungehemmt und zeigten kein Interesse für Streptokokken, Staphylokokken, Kinderkrankheiten und schon gar nicht für Kläranlagen. Deshalb habe ich mir einen Trick ausgedacht.

„Wenn ihr an meinem Unterricht aufmerksam teilnehmt und anschließend einen kurzen Test erfolgreich absolviert, dann erzähle ich euch meine Erlebnisse der Reisen per Anhalter." Diese Art, sich schnell und kostenlos von Ort zu Ort zu bewegen war damals in der sozialistischen Tschechoslowakei sehr in Mode, es gab auch fast keine andere Möglichkeit, das Land, und bei großem Glück das Ausland, kennen zu lernen.

„Jo, přijeď, budu se těšit, místa tu je dost." Naše povedená mamička ovšem pravila: „Jen s tou podmínkou, že pojede i Dášenka." Potřebovala jsem dvě hodiny na to, abych sestru přemluvila. Moc se jí nechtělo, navíc měla rýmu, ale nakonec mému hučení podlehla. Mamička nám strčila pár korunek, ale kdepak my je vydávat za vlak. Šup a už jsme stály na výpadovce na Brno. K naší velké radosti nám zastavili vzápětí tři chlapíci v oblečkách a kravatách, záruky solidnosti, kteří se vraceli z jakéhosi služebního jednání. Slovo dalo slovo a oni, že jsou z Mikulova, a my zas, že jsme po otci napůl Moravanky, tak oni na to, jestli známe krásné moravské vinné sklípky, a my že ne, že byl otec z Beskyd a my jsme procestovaly pouze tento kout. Z toho byli naprosto konsternováni, a že to musíme ihned napravit, a že máme jako studentky v létě hromadu času a pozvali nás tedy na poznávací okružní cestu po sklípcích. Nejenže každý z nich jeden vlastnil, ale jejich strejda má prý ten nejkrásnější s největším vinohradem a k tomu velký dům, momentálně prázdný, neb mu rodina někam odjela. Tam že můžeme přespat a ráno čerstvé vyrazit na Slovensko. Jelikož už bylo pozdní odpoledne, tak jsme se nechaly nalákat. Také jsem byla na ty sklípky děsně zvědavá. A na mou duši, byly KRÁSNÉ.

Plötzlich herrschte Stille in der Klasse und die Mehrheit der Schülerinnen war in der Lage, die Streptokokkenketten und die Staphylokokkentrauben aufzuzeichnen. Gut, ich erntete auch Misserfolg. Ich erinnere mich noch heute, wie mich eine Schülerin fassungslos machte als sie ernsthaft behauptete, dass der Grippeerreger „Aspirin" heißt.

Hier meine erfolgreichste Geschichte:

Als Studentin hatte ich einen Freund, der in einem Ferienlager für Kinder in der slowakischen „Hohen Tatra" als Sportreferent jobbte. Zu der Sehnsucht nach ihm kam noch die Neugier – ich wollte mir unbedingt die berühmten Berge anschauen. Dazu war ich herzlich eingeladen: „Komm, wir haben hier viel Platz, deine Schwester ist auch willkommen", schrieb der Freund. Meine strenge Mutter hätte mir die Einwilligung zum Ausflug sowieso nur dann gegeben, wenn meine zuverlässige Schwester Dagmar mich begleiten würde. Sie hatte zwar keine Lust und zudem noch einen Schnupfen. Deshalb benötigte ich zwei geschlagene Stunden, um die unwillige Mitreisende zu motivieren. Dann ging es aber ganz schnell, im Nu standen wir an der einzigen Autobahn in Tschechoslowakei, die in die Slowakei führte. Von unserer Mutter bekamen wir zwar ein paar Kronen für die Fahrkarten, aber dafür wollten wir das Geld im keinen Fall ausgeben. Es war schneller, abenteuerlicher und sportlicher per Anhalter zu reisen.

V takovém rozmáchlém oblouku byly vidět jen vchody orámované popínavými růžemi a jinou květenou, a ty vchody mizely ve stráni, na které rostla travička. Tak jsme si prohlédly nejdříve ty jejich malinké, roztomilé s malými soudky, a potom jsme byly omráčeny strejdovým ne sklípkem, ale přímo SKLEPENÍM s mnoha velkými sudy a krásným sezením. Strejda nám byl sympatický, už to byl takový šedivý děda: samozřejmě, děvčata, že u mě můžete přespat, dám vám pokoj dcer. A už se vesele koštovalo, my tomu vínu moc nerozuměly, tak prý se to musíme naučit a pořád nad námi někdo stál s tím koštýřem a pijte, pijte a vychutnávejte. Sklípek se plnil dalšími vinaři, začalo se zpívat Vínečko bílé, tys od mé milé… Tak to se nám líbilo, ale když už byl sklípek narvaný rozjuchanými Moraváky, bylo jich čím dál víc, tak jsme dostaly strach a sklínky nenápadně vyprazdňovaly do květináčů kolem lavic.

Es dauerte nicht lange, bis eine Tatra 603 mit drei „uralten" Herren (alles ist relativ, die Männer waren höchstens 50 Jahre alt) in soliden dunklen Anzügen mit Krawatten anhielt. Sie kamen von einer Dienstreise und wollten nach Hause fahren – nach Mikulov. Die Stadt Mikulov und ihre Umgebung liegt in Südmähren und gehörte zu den berühmtesten Weingebieten der Tschechoslowakei. Die Herren waren ganz entsetzt, als sie erfuhren, dass wir die gemütlichen einladenden Weinkeller um Mikulov noch nie gesehen hatten. Es sei höchste Zeit hinzufahren, um diese schreckliche Lücke in unserer Bildung zu schließen. Meine Schwester wehrte sich heftig, ich weniger, aber wir wurden mit dem Argument überzeugt, dass wir nie wieder so viel Freizeit haben werden wie jetzt als Studentinnen. Wir müssten wenigstens einmal im Leben die herrlichen Weinkeller mit samt ihres Inhalts kennen lernen. Inzwischen war es schon fast später Nachmittag, und nachts zu reisen könnte gefährlich für uns sein, behaupteten die Männer. Ein Onkel besäße angeblich nicht nur den schönsten und größten Weinkeller, sondern auch ein Haus, das momentan leer sei, weil die Familie verreist wäre. Es wäre kein Problem, dort zu übernachten, lockten uns unsere Begleiter.

Žadonily jsme u toho strejdy, že bychom už tedy šly spát, a on že tedy ano. Vyrazily jsme ze sklípku. Na čerstvém vzduchu jsme dostaly hned dvě rány, jednak jsme shledaly, že jsme dost ovíněné, a jednak se s námi zvedli i všichni ti chlapi a hrnuli se za námi. Děda nám naštěstí hned ze vstupní haly ukázal ten pokoj, tak my fofrem dovnitř, bezva bytelné dveře jsme ihned zevnitř zamkly a s ulehčením padly na postel. Ale ouha, buchy buchy na dveře jak v Kytici od Erbena a děvčata vylezte, slaví se dál, nekažte partu a opět buchy buchy na dveře. Ani jsme nemukaly a tiše se klepaly, náhle zcela střízlivé. Bouchání na dveře neustávalo, naopak se stupňovalo a hlasy byly rozmazané a čím dál víc rozezlené. Aha, Pražandy, nechtějí s námi nic mít, buchy buchy na dveře, až praskaly v rámech. Koukejte, holky, vylézt, nebo ty dveře vylomíme! To jsme ale už slyšely, jak strejda nadává a svolává tu rozjetou partu do kuchyně.

Alles stimmte. Die Weinkeller sind in einen Hang eingebaut, um die Eingänge klettern Rosen, Glyzinien und Hortensien, drinnen stehen im Vorraum gemütliche Bänke um die Tische, hinten sind die Weinfässer untergebracht. Zuerst besichtigten wir die kleinen Keller unserer Gastgeber, bald gesellten sich zu uns neue und neue Weinanbieter, überall mussten wir den Wein kosten und als wir in die Sonne traten, haben wir den schon gespürt. Schließlich endete die ganze fröhliche Gesellschaft im Onkels Keller, seine zahllosen Weinfässer beeindruckten uns tief und der nette Onkel freute sich. Bald sangen alle: Weißwein und Rotwein von meiner Liebsten, wie du mir schmeckst, aber von den anderen auch…Je mehr aber alle angeheitert waren, desto mehr Angst kriegten wir. Mit unserem Wein begossen wir die Blumen in den Blumenkübeln, es war nicht möglich den abzulehnen, weil er in einem Behälter, serviert wurde, wo sich der Wein unter dem Daumendruck des Anbieters hält, und los fließt, wenn er den Druck lockert. Als es schon längst dunkel wurde flehten wir den Onkel mit tränenreichen Stimmen, dass wir schon wirklich, aber wirklich schlafen gehen möchten, bis er nachgab und willig war uns in sein Haus zu begleiten. Zu unserem Entsetzen erhob sich mit uns die ganze betrunkene Gesellschaft und folgte uns.

Trochu jsme si oddechly, koukneme po sobě: Také se ti tak chce na záchod? V tom rozčílení jsme na to cestou nepomyslely. Že bychom se odvážily vylézt z bezpečného pokoje a hledaly to WC, na to nebylo ani pomyšlení. Co teď? Přece to tady těm dcerám a hodnému dědovi nepočůráme. Nikde žádná nádoba, ani květináč, tak jsme otevřely okno a záříme do sadu z prvního patra. Dům stál ve stráni, vchod, hala a kuchyň se nacházely v přízemí, ale my byly už v patře. Tak tudy cesta nevede, přiznáme si smutně. Navíc jsme se stejně bály bezpečný pokoj opustit, i když široko daleko nebylo vidět a slyšet človíčka. Hoši řvali v kuchyni, občas některý šel cvičně zabušit na dveře, sice už odpadávali, ale neodcházeli. Tělo si žádalo urgentně své, tak povídám: „Otevřeme to okno, ty si Dášo dřepneš na parapet, já tě budu držet za ruce a hotovo." Tak jsme to na střídačku provedly, musela jsem se i přes ten strach chechtat, jaký to byl pohled pro bohy. Holý zadek vystrčený do sadu a proud jak v Niagáře cvrlikal do trávy. Ale zvládly jsme to, ani barák jsme strejdovi nepomočily.

Weil alle nicht mehr sicher auf den Beinen standen, haben wir bessere Karten und sind schnell im uns zugewiesenem Zimmer der Töchter verschwunden. Zum Glück war die Zimmertür schön stabil und mit einem Schloss versehrt. In dem Moment als wir mit großer Erleichterung auf die Betten fielen, schlugen schon sämtliche Fäuste auf das Holz und es wurde laut nach unserer Gesellschaft verlangt. Leise wie die Mäuschen zitterten wir, plötzlich ganz nüchtern, und hofften, dass die Tür nicht nachgibt. Zum Glück legten die Kerle immer eine Pause ein, um nachzutanken. In einer Pause sahen wir uns mit meiner Schwester an: muss du auch mal so dringend? Erklang einstimmig und verzweifelt. Das Zimmer zu verlassen und nach einer Toilette zu suchen wagten wir nicht, vergeblich suchten wir nach einer Vase oder einem Blumentopf, was jetzt? Auf den Fußboden zu pinkeln wollten wir aber auf keinen Fall. Dann öffneten wir vorsichtig das Fenster und schauten zu unserer Überraschung von oben in einen blühenden Obstgarten. Das Haus stand am Hang, der Eingangsbereich und die Küche befanden sich im Erdgeschoss, wir in der 1.Etage. Sofort erkannten wir unsere Chance, auch mit dem offenen Fenster waren wir in der Sicherheit. „Also, ich halte dich an deinen Händen fest," sagte ich entschlossen zur Dagmar, „und du pinkelst in den Garten." Abgemacht, der Reihe nach getan.

Ráno nám děda připravil snídani a omlouval se za ty pacholky. Čerstvé houstičky a čaj. Divíme se, že jsme nějak praštěné po tom velkém tupláku. „Však jsem vám tam, děvčata, přidal na cestu trochu slivovičky. Takhle my na Moravě snídáme." Celé zmámené jsme poděkovaly, po cestě na výpadovku vystřízlivěly a navečer jsme byly ve Starém Smokovci. Bylo to tam krásné, ale hlavně že už víme, jak to chodí v moravských sklípcích. Ségra mi sice nadávala, ale jenom málo, protože ji přešla ta rýma. Pro imunitu to bylo dobré nakopnutí.

Tak takovéto příhody jsem vykládala těm budoucím sestřičkám a utěšovala se tím, že to má i výchovný náboj. Vždy jsem končila: „Raději nejezděte stopem, a když, tak vždy ve DVOU." Holky ani nedutaly a hodinu jsme poté cvičily výtěry z krku. Ty jsem totiž považovala pro budoucí dětské sestry za nejdůležitější a hřímala jsem jak Komenský, že na jejich přesné práci, když si podrží jazyk dítěte špachtlí a nebudou po něm šmrdlat štětičkou, závisí práce mikrobiologů a pediatrů, kteří posléze podle výsledků pracné kultivace léčí ty ubohé dětičky.

Trotz der angespannten Lage, immer wieder schlugen die Fäuste gegen die Tür, musste ich lachen. Es war auch ein Anblick. Nackte Popos zum Fenster raus und Ein Wasserfall wie Niagara ergoss sich auf die blühenden Kirschbäume. Die Schläge auf die Tür wurden zum abgeschwächten Klopfen geworden, bis sie ganz verstummten. Wir fielen glücklich in den tiefen Schlaf.

Morgens machte uns der Onkel noch ein herrliches Frühstück und entschuldigte sich für die wilden Kerle. Wir haben uns gewundert, warum wir nach einer Tasse Tee so benommen waren. „Na ja, Mädels, klärte uns der Onkel auf," in jede Tasse gehört ein Gläschen Sliwowitz, so frühstücken wir in Mähren. „Bis wir die Landstraße zu Fuß erreichten, waren wir wieder nüchtern und bald im Alter Smokovec. In der Hohen Tatra war es schön, aber am schönsten war, dass wir erfuhren wie die mährischen Weinkeller ticken. Meine Schwester schimpfte zwar mit mir, aber nicht lange. Ihr Schnupfen war verschwunden. Für ihre Immunität war das ein heilender Schub.

Nach solcher und ähnlichen Geschichten war die Klasse ganz leise. Ich tröstete mich, dass sie nicht ohne erzieherischen Einfluss war. Ich endete damit, dass man beachten müsste, wie tückisch das Reisen per anhalten seien könnte, und wenn man das schon wagt, dann immer nur zu zweit.

Když padla železná opona, tak jsme v té euforii lítali po přátelích a známých a také jsme navštívili dětské oddělení. Otevřela nám hezká sestřička, tak se začnu představovat, a ona: „Jé, paní doktorko, vždyť já vás znám, učila jste mě na zdravotní škole."

„No to je ale prima. A jestlipak si z toho něco pamatujete?" ptám se nadějeplným hlasem. Á tak a teď přijdou ty výtěry, když už ne biologické čističky… „No jasně, jak jste jezdila tím STOPEM."

POMOC! A to se mi stalo ještě několikrát. Vždy, když mě některá sestřička poznala, tak přišla pomsta v podobě STOPU.

Moje povedená mamička by řekla: Aby ses neposrala, alespoň se holky pobavily, však on je praktický život ty výtěry naučil.

Danach nutzte ich die erwachte Aufmerksamkeit und erklärte noch schnell die richtige Technik bei den Abstrichen von Gaumenmandeln. Ich donnerte wie Jan Amos Komensky, dass man nie die Zunge berühren darf, und wie von der Genauigkeit der Schwestern die ganze Arbeit der Mikrobiologen und Ärzten abhängig wäre.

Bald danach haben wir, mein Mann, unsere drei Kinder und ich, die Tschechoslowakei verlassen und es dauerte Jahre, bis der eiserne Vorhang fiel. Nach der Samtrevolution besuchten wir die alte Heimat, die Kinderabteilung eingeschlossen. Ich wollte mich der Krankenschwester an der Tür im Krankenhaus vorstellen, es war aber nicht nötig. „Ich kenne Sie doch, Frau Doktor, Sie haben mich doch unterrichtet." Dann, total erfreut, fragte ich, ob sie sich noch an etwas vom Unterricht erinnert. Jetzt kommen, hoffentlich, wenigsten die Abstriche, die Kläranlagen habe ich schon längst aufgegeben. „Jawohl, klar," freute sich die nette Kinderkrankenschwester. „Alles, was Sie beim Reisen per anhalten erlebten. Das vergesse ich nie." Hilfe, so eine Enttäuschung! Und das passierte immer wieder, wenn mich eine Krankenschwester erkannte.

„Du sollst dich nicht in die Hose machen!" kommentierte meine Beschwerden unsere gelungene Mutter. „Es war für die Mädchen wenigstens unterhaltsam, und im praktischen Berufsleben haben sie Abstriche bestimmt auch gelernt."

Das will ich hoffen!

Na skok na Rujánu

Už před léty, když byla Rujána ještě součástí DDR, nás tento ostrov překvapoval svou výjimečností. Na kterém ostrově najdete rozsáhlé bukové lesy, pšeničná a žitná pole a žádný příliv a odliv.

Když jsme se tentokrát protlačili hrůzným hamburským tunelem, čekala na nás klidná dálnice přes Mecklenburg-Vorpommern. Jelikož zde nejezdí žádná auta, tedy skoro žádná, můžete nerušeně vychutnávat zeleň nekonečných pastvin s ojedinělými stromy lemujícími silnici. Vesničky se krčí v pozadí, a když si otevřete okna, vzduch voní mořem. Stralsund se na první pohled moc nezměnil, zdraví vás známá silueta města s dominantou kostela a pohled z mostu na mořskou hladinu až k obzoru vám jako dříve stále bere dech.

První kilometry na ostrově se musí protrpět. Je to nudná rovina, nikde nic, a navíc, tedy v roce 2013, samá staveniště.

Reisebericht Kurzurlaub auf Rügen

Auf Rügen waren wir vor vielen Jahren, noch in der ehemaligen DDR, schon damals fanden wir die Insel sehr einzigartig mit den Buchenwäldern, Weizenfeldern und, im Unterschied zu den Nordseeinseln ohne Flut und Ebbe.

Die Hinfahrt von Hannover bis Hamburg verlief ganz angenehm, dann mussten wir uns durch das Nadelohr pressen. Wie immer –Stop- end- go Verkehr. Endlich in Mecklenburg- Vorpommern angekommen konnten wir aufatmen. Die fast verkehrsfreie Autobahn schlängelte sich durch die Wiesen mit ein paar Bäumen am Wegesrand, die Dörfer nur im Hintergrund. Stralsund hat sich nicht viel verändert, die Silhouette mit der Kirche war die gleiche, der Blick von der Brücke über die Wasseroberfläche war und ist atemberaubend.

Die ersten Kilometer auf der Insel waren recht unangenehm, da man wenigstens im Jahre 2013 viele Baustellen passieren musste.

Konečně projíždíte prvními ospalými vesničkami a městečky, a když odbočíte na okresku směr Sellin, prorazíte do kouzelné, jedinečné atmosféry Rujány. Silnice je lemovaná prastarou alejí, brzy se objeví ty krásné bukové lesy, kterými se okreska protáčí až do Sellinu. Skoro nám bylo líto, že už jsme u cíle. Jako perla v smaragdové obroučce vykukuje ve výšce z lesů hotel Cliff. Díky bohu je to jen jedna perla ve smaragdu, žádný perlový náhrdelník, a snad to tak zůstane, neboť Sellin je malé, klidné lázeňské letovisko a velký boom mu nehrozí.

Velmi příjemná, trpělivá mladá recepční nám vysvětlila orientaci v rozsáhlém hotelovém traktu, ponecháni sami sobě bychom tam bloudili ještě dnes. Už měla za sebou viditelně školení stále se usmívat. Ve výtahu jsme narazili na rozpačitou pokojskou, zrovna nám nesla na pokoj lahvinku vychlazeného prosecca na uvítanou. Timing to nebyl perfektní, ale zato veselý. Naše apartmá bylo krásné a nejkrásnější byl pohled na moře přes pruh lesů, dva odstíny zelené v krásné harmonii. Sklenička prosecca v ruce tuto krásu ještě umocňovala. Příjemně osvěženi jsme se odebrali přes pečlivě a vkusně opečovávaný park do hotelového bazénu. Na hotelovém bazénu je nejkrásnější klenutý sněhově bílý strop, pohled nahoru vám zpříjemňuje plavání naznak a prsa zase pohled prosklenou stěnou do zeleně.

Aber nach ein paar Minuten fährt man schon durch die netten verschlafenen Dörfer und Städtchen und wechselt von der Autobahn auf die wunderschöne Landstraße, die gesäumt ist von uralten Alleen. Danach kommen die Buchenwälder und wir waren im Nu in Sellin. Wie eine Perle in einer smaragdgrünen Fassung dominiert in der Höhe unser „Cliff Hotel" dem ruhigen Ostseebadeort. Gott sei Dank gibt es nur diese eine Perle und keine ganze Kette!

Das Hotel, das an einem Hang in einer Parkanlage gelegen ist, hat genug Parkplätze; die junge Dame an der Rezeption ist sehr nett, hilfsbereit und geduldig mit den ganzen Orientierungshinweisen. Im Aufzug begegneten wir einer Kellnerin, die auf dem Tablett unsere Willkommens- Proseccoflasche trug. Das Timing war zwar nicht so perfekt, aber um so wärmer und lustig. Unser Appartement war sehr schön, das Bad perfekt und der Meerblick vom kleinen Balkon, unterstrichen mit dem eisgekühlten Glas Prosecco in der Hand, hatte eine Postkartenqualität. Später schlenderten wir durch den wunderschönen, gut gepflegten Hotelpark, danach schwammen wir noch eine Runde im weiträumigen Swimmingpool. Am schönsten war die schneeweiße gewölbte Decke über dem Becken und die Aussicht durch die großen Fenster ins Grüne.

Po těchto sportovních aktivitách už jsme se opravdu těšili na *dinner*. Menu sice nepatřilo k exkluzivním nabídkám kuchyně, bylo totiž součástí nabídky této krátké dovolené, ale přesto bylo vše čerstvé, chutné a s láskou podávané. Po klidné noci na dobrých matracích, ukolébáváni šumem borů a moře, po pár kolečkách v bazénu a posíleni všehochutí u švédského stolu jsme byli plně motivováni vyrazit na výzkumnou cestu.

Baltská lázeňská městečka jsou propojena rustikální železnicí, dokonce s parní lokomotivou. Přes lázně Baabe tajuplným lesem do Goehrenu. Ke Goehrenu patří nejen obligátní pískové pláže s proutěnými kukaněmi, ale i romantická promenáda, po které lze promenovat za vdechování mořského vzduchu až zpátky do Sellinu. V Goehrenu má vláček konečnou stanici. Nádražíčko jak z playmobilu je přeplněno produkty z rakytníku. Německý název Sanddorn se mi líbí víc a hodí se sem. Ano, pískový trn barvou i lokalitou. Nádraží je plné marmelád, kompotů a nesčetných druhů likérů v různých baleních, musí tu těch keřů růst habaděj.

Dál se musí pokračovat už jen autem. Kolem velké nudistické pláže, přes lázničky Thiesow až na konec cípu pevniny, kde vyzařuje nebeský klid vesnička Klein Zicker. Mezi domky se šindelovými střechami nabízejí ubytování nesčetné penziónky a hotýlky.

Richtig erfrischt erschienen wir zum Dinner. Das Abendessen gehörte im Kurzurlaubpaket zur inklusiven Leistung. Das Menü war schon eine preiswertere Variante, aber lecker, gut arrangiert und liebevoll serviert im schönen Speisesaal mit noch schönerer Terrasse. Nach einer ruhigen Nacht, die Betten waren sehr bequem, und einer morgendlichen Schwimmrunde stärkten wir uns bei sehr gut sortiertem Buffet für einen Erkundungsausflug.

Die Ostseebäder sind mit einer rustikalen Eisenbahn, sogar mit einer Dampflokomotive, verbunden, wir folgten den Gleisen mit unserem Wagen, das ging doch schneller. Über Badeort Baabe, durch den geheimnisvollen Buchenwald nach Ostseebad Göhren. Zu Göhren gehören nicht nur die Sandstrände und eine Seebrücke, sondern auch eine schöne Promenade, die entlang der Küste zurück bis nach Sellin führt. In Göhren hat die Eisenbahn ihre Endstation, der ein Laden mit sämtlichen Sanddornprodukten dominiert. Hier kann man Geschenke einkaufen, von einer Konfitüre bis zu verschiedenen Likörchen.

Na každém kroku si můžete pochutnat na vonné rybičce, převážně vyuzené. Můžeme potvrdit, že velmi chutné. Odpoledne jsme strávili na nudistické pláži. Je to prostě příjemné, když se vám na kůži nelepí mokré plavky a necháte se nerušeně ovívat mořským vánkem. Proto se tady nudisté asi tak rozmnožili a udrželi i za reálného socialismu. Když už jsme dostatečně promrzli ve studené vodě, plavat se tu moc nedá, široko daleko se táhne mělčina, tak jsme se přesunuli do Binzu. Binz tepe lázeňským životem ve zcela jiné kulise, než před 35 lety. Tehdy oprýskané, špinavě bílé budovy se vyloupy díky novému šatu. Bílé fasády se skví krajkovím vyřezávaného zdobení. Převážná většina, i nových hotelů, je věrna klasickému lázeňskému stylu Rujány.

Večeři jsme si vychutnali na hotelové terase přímo na hlavní promenádě. Místo moučníku jsme za poslechu muziky pozorovali promenující lázeňské hosty a popíjeli bílé vínko. Pohlédli jsme s manželem na sebe a jednohlasně spontánně prohlásili: „Westland na Syltu se může schovat. Na Binz nemá! Tady dýchá daleko hlubší lázeňská tradice."

Západ slunce jsme pozorovali z mořského můstku.

Dann ging es weiter am Großen Strand vorbei nach Ostseebad Thiessow und dem Dorf Klein Zicker, das auf einem Landzipfel liegt. Diese Orte strahlen eine himmlische Ruhe aus. Zwischen den Reetdachhäusern bieten kleine Pensionen und Hotels die Unterkunft an. Überall kann man den frischen, meistens geräucherten Fisch genießen. Wir probierten ihn selbstverständlich auch, es hat toll geschmeckt. Den Nachmittag verbrachten wir an einem FKK- Strand. Es ist sehr angenehm, wenn der kalte Badeanzug nicht auf der Haut klebt. Abends ging es nach Binz. Der Badeort sieht jetzt ganz anders aus als vor 35 Jahren. Die verwitterten schmutzigweißen, spitzenartigen Holzverzierungen der Fassaden und Loggien sind jetzt strahlend weiß, und die neuen Hotels und Häuser sind im gleichen Stil gebaut- oder beinahe. Unser Abendessen auf einer Restaurantterrasse auf der Promenade war unvergesslich, es hat gut geschmeckt und als Nachtisch haben wir die Badeortatmosphäre eingeatmet, nicht nur die salzige, sondern auch die von den flanierenden Gästen stammende, von der Musik und der Aussicht auf die schönen Häuser. Mit meinem Mann kamen wir einstimmig zur Folgerung: Westerland auf Sylt kann Binz nicht das Wasser reichen!

Nach dem Essen liefen wir noch die ganze Seebrücke ab und beobachteten den wunderschönen Sonnenuntergang.

Tyto *Seebrücken* jsou specialitou všech lázní na Baltu. Mám s tím názvem trochu potíže. My Češi jsme jezdili k Baltu, k Baltskému moři. Německy je to Východní moře – Ostsee. Baltské země jsou Litva, Estonsko, Lotyšsko. I když historicky je to česky správně. Mare Balticum omývá břehy od Helgolandu po baltské země a obyvatelé patří převážně k *ostseeanrainer*.

Ale k tomu mořskému můstku. Je to most vybíhající daleko do moře, který nikam nevede a s Avignonem nemá nic společného. Už je tak projektovaný a postavený.

Na jeho úpatí je postavena restaurace v typickém lázeňském baltském stylu – četné věžičky a terasy s bílým prolamovaným zdobením ve dřevě. U mostu přistávají parníčky, jachtičky a rybářské škunery. Postávají na něm rybáři v akci. Mezi tím vším se promenují hosté. Je tam živo, neustálý pohyb.

Naprostou novinkou se pyšní *Seebrücke* v Sellinu. Špička můstku je vybavena podmořským výtahem s gondolou. Slibuje pohled do hlubin Baltického moře, který má potápějícím se hostům ukázat mořskou faunu a floru. K vidění tam ve skutečnosti, ani v hloubce čtyř metrů, není NIC. Jen se přesvědčíte, že voda v Baltu je opravdu zelená i pod mořskou hladinou.

Am letzten Morgen schwammen wir endlich in der Ostssee, also, man kann nur hüpfen und in die Wellen springen, da es ziemlich flach ist. Wir haben uns dann im Strandkorb in der Sonne erwärmt, einen kurzen Strandspaziergang absolviert und den letzten Meerblick vom Aussichtsturm unseres Hotels über die Bucht genossen.

Vom Strand aus haben die Hotelgäste entweder die Möglichkeit die steile Steintreppe zu erklimmen- oder den Lift im Turm zu nehmen und von einer Holzbrücke runter zu schauen -je nach Kondition.

Das Schlemmerfrühstück hat toll gemundet und ich schaffte es, mich noch massieren zu lassen und mir im gut sortierten Hotelladen einen Badeanzug zu kaufen. Den netten Plausch mit der Ladenbesitzerin gab es gratis dazu.

Dann kam schon die Zeit, Tschüss und Danke zu sagen und Abschied zu nehmen. Wir haben uns vorgenommen, noch einmal wieder zu kommen, aber dann für mindestens eine Woche.

Unterwegs besuchten wir noch die berühmte Seebrücke in Sellin. Mit dem Restaurant und dem Kaffeehaus ist sie durchaus vergleichbar mit der in Usedom. Dazu ist die Brücke noch an der Spitze mit einer Tauchgondel ausgestattet. Man sieht zwar beim Untertauchen NICHTS von der Fauna und Flora, aber man überzeugt sich, dass die Ostsee wirklich GRÜNES Wasser hat.

Aby nikomu nebylo líto vyhozených peněz, vypráví vám o tom, co by mohlo být vidět, ošlehaný mořský vlk. I filmem to doloží.

Tak toto dobrodružství si můžete klidně odpustit. Ale jinak stojí Rujána za návštěvu.

Die Fische und mehr sieht man in einem Film, der uns mit einem fachkundigen Kommentar von einem Matrosen in der Tiefe von 4m vorgeführt wurde. Toll!

Die Gondel muss man nicht sehen. Wirklich nicht. Aber sonst lohnt es sich die Insel zu besuchen.

Izrael – kibuc

Nakonec jsme se s manželem v letadle shodli, že se nám z celé cesty po Izraeli nejvíce líbily dva dny strávené v Jákobově kibucu. Tenhle kibuc byl založen před devadesáti lety na 500 hektarech, nedaleko od Golanských výšin, zakoupených Izraelity od bohatého efendiho. Efendi se rád zbavil tohoto problematického, nic nevynášejícího pozemku a bylo mu srdečně jedno, že tam žilo pár arabských rodin. Neplatili žádný pacht, za barákem měli jednu dvě olivy a něco zeleniny pro vlastní obživu, efendi z toho nic neměl, tak jim prostě prodal půdu pod nohama. Nadšení Židé, převážně z východní Evropy, se pustili do zemědělství, aniž by o něm měli nejmenší potuchy. Zasadili přivezená semena ze staré vlasti, hlavně obilovin, a ejhle – v tom vedru a suchu nevzešlo naprosto NIC. Tak se obrátili na souvěrce milionáře Rothschilda s prosíkem o podporu. Rothschild svolil, ale jen pod podmínkou, že začnou s vinnou révou, pomerančovníky a datlovými palmami.

Israel

Als mein Mann und ich nach einer Rundreise durch Israel im Flugzeug saßen und über diese hochinteressanten Tage sprachen, waren wir uns einig, dass wir die schönsten drei Tage dieser Rundreise im „Jacobs Kibbuz" erlebt hatten. Der Kibbuz wurde vor 90 Jahren auf 500 Hektar Land, nicht weit von den Golanhöhen, gegründet. Das Grundstück kauften die Siedler einem reichen Effendi ab, der sehr froh war, dieses problematische Land, das keine Erträge erbrachte, loszuwerden. Ein paar arabische Familien, die dort lebten und zu arm waren, um ihm Pacht zu zahlen, interessierten ihn nicht. Die Juden, überwiegend aus Osteuropa, waren glücklich, endlich im Heiligen Land zu landen. Sie begannen begeistert, mit keiner landwirtschaftlichen Erfahrung, besonders in diesem Klima, das Getreide anzubauen, dessen Samen sie aus Europa mitbrachten. Der Misserfolg war vorprogrammiert – es wuchs keine einzige Pflanze. In ihrer Verzweiflung wendeten sie sich an den reichen Glaubensbruder Rothschild mit der Bitte um Hilfe. Rothschild versprach zu helfen, aber mit der Bedingung, dass die Siedler nur Orangenbäume, Bananen, Weinreben und Datteln pflanzen durften.

Říčka s historicky slavným jménem JORDÁN je naštěstí blízko, takže se kýžený pěstitelský úspěch brzy dostavil.

Bájný Jordán je trochu mohutnější Botič. Má krásnou zelenou vodu jako celé Genezaretské jezero, které napájí. Z mostu jsme dokonce zahlédli křtitelnici prvních křesťanů. Nic moc, žádné romantické místo to tedy není. Spíš to připomíná vyšlapanou cestičku, kudy chodí Anča pro vodu.

První obyvatelé kibucu byli všichni nadšenými komunisty. Všem podle potřeby a každý podle vlastních sil. Na všech stěnách prvních baráků visel velký obraz Stalina a malinký Ben Guriona. Společná vývařovna, jídelna, děti umístěné v domě dětí. Matky si je směly vyzvednout na pouhé dvě hodiny po pracovní době, na noc byly děti opět odevzdány do domu dětí.

Historii kibucu nám vysvětloval jeden z rodiny dlouholetých členů družstva, vtipný osmdesátník pocházející z Hamburku. Jeho otec dostal v 33. roce facku od nějakého nácka, takže moudře rychle sbalil ženu a potomky a přesídlil do Izraele.

Der Fluss Jordan, der um die Ecke lag, sorgte für die Bewässerung und die eben geborenen Landwirte atmeten auf – nach einigen Monaten grünte und blühte es überall.

Der berühmte Jordan ist übrigens eher ein Bach als ein Fluss. Er hat aber das gleiche schöne grüne Wasser, wie der ganze See Genezareth, in den der Jordan mündet. Von einer Brücke aus sahen wir sogar die Taufstelle der ersten Christen. Wirklich romantisch sah sie allerdings nicht aus. Es erinnerte mich eher an eine Trinkstelle wilder, afrikanischer Tiere. Ab und zu ist es besser die Konfrontation mit der Wirklichkeit zu meiden.

Die ersten Kibbuzgründer waren alle überzeugte Kommunisten. Ihr Leben lief nach der Parole: „Jeder nach seinen Fähigkeiten, jedem nach seinen Bedürfnissen!" In den ersten Baracken hingen an allen Wänden Bilder von Stalin, in beachtlicher Größe, und ganz klein von Ben Gurion. Der erste Kibbuz hatte eine einheitliche Küche, einen Speisesaal und ein Kinderhaus. Die Mütter durften ihre Kinder nur zwei Stunden täglich nach Hause mitnehmen, zum Schlafen wurden die Kleinen wieder ins Kinderhaus zurückgebracht.

Durch den Kibbuz und seine Geschichte führte uns ein rüstiger 80-jähriger gebürtiger Hamburger. Sein Vater wurde dort im Jahre 1933 von einem Nazi verprügelt, danach packte er kurzerhand seine Familie und siedelte nach Israel über. „Mein Vater hat eine gute Nase gehabt, nicht wahr?", fragte unser Reisführer.

V té době už v kibucu vykrystalizovaly dva tábory. Ten početnější už měl na zdi jen fotku Ben Guriona a žádného Stalina. Vzpouru proti komunistickému diktátu vyvolaly především ženy. Už měly dost společné kuchyně a chtěly si vařit samy, podle vlastní chutě. Také požadovaly mít děti doma, tedy po „školce". Osm hodin pracovní doba, to ano, ale potom rodina. Takže se nové baráčky musely stavět větší. Společná vyvařovna se sice v malém zachovala, ale byla využívána, a stále je, jen podle potřeby. S tou „potřebou" také zatočili. Ti, kteří vkládali do společného hospodaření nejméně sil a schopností, měli největší potřebu. Nepřipomíná to něco? „Tak s tím byl konec," potutelně se usmíval náš průvodce. Vyčlenil se malý ostrůvek „skalních komunistů", tady ta cestička je hranice, ukazoval na úzkou stezku. „Já za tu hranici ani nepáchnu," prohlašoval vesele a rozhodně. Větší tábor se vyvinul v jakési samostatně hospodařící družstvo. Mimo kvetoucí plantáže vlastní i továrničku na obaly, převážně od jogurtů. „Dokonce máme i pobočku u vás v Německu. V Durynsku."

Zu dieser Zeit teilte sich der Kibbuz schon in zwei Lager. Die stetig wachsende Gemeinschaft hatte nur noch ein Bild von Ben Gurion an ihren Wänden, keines mehr von Stalin. Mit dem Aufstand gegen das kommunistische Diktat fingen die Frauen an. Sie hatten genug von der einheitlichen Küche, sie wollten ihre Familie nach ihrem eigenem Geschmack bekochen und ihre Kinder auch nachts zu Hause behalten. Seit dieser Entscheidung wurden die Häuser geräumiger gebaut, die Gemeinschaftsküche mit dem Speisesaal verkleinerte sich entsprechend der neuen Verhältnisse. Zur Zeit speisen hier nur noch die Bedürftigen und die, die keine Lust haben, selber zu kochen. Von der Karl Marx Parole: „Jeder nach seinen Fähigkeiten, jedem nach seinen Bedürfnissen" verabschiedeten sie sich mit der Begründung, dass gerade die faulsten und unfähigsten den größten Bedarf hatten. „Damit war ab diesem Augenblick Schluss!", schmunzelte unser Begleiter. „Eine kleine Gruppe sonderte sich ab und blieb der kommunistischen Idee treu. Und schauen Sie: dieser Pfad bildet die Grenze und nicht nur ich setze keinen Fuß drüber." Das größte Lager entwickelte sich in eine Genossenschaft privater Unternehmer. Zu den blühenden Plantagen gesellte sich noch eine Fabrik für Joghurtbecher dazu. „Eine Zweigstelle haben wir auch bei Ihnen, in Thüringen", kicherte unser Rentner.

Píše „schwarze Zahlen" – chechtá se stařík spokojeně. K tomu máme pár baráků upravených na hotelové pokoje s koupelnou, klimatizací a kuchyňským koutem. Kdo nemá chuť vyvařovat, má k dispozici malou restauraci vkusně vyzdobenou fotkama z počátků kibucu a regály s výborným vínem místní produkce. Tam trávila naše skupinka několik hodin denně a vyznění dne na terásce před barákem pod chlebovníky a jinými exotickými stromy u lahvinky červeného a za pozorování hrajících si dětí mladých, přátelských neortodoxních židovských rodičů nemělo chybu.

Nejnovější obytné domy připomínají skandinávský styl. Jsou postavené do „vinglu", rodiny žijící v přízemí mají velkou terasu s lavičkou, plnou kytek, kočárků, koloběžek a nechybí ani gril.

„Sie schreibt schwarze Zahlen." Des Weiteren haben die Mitglieder mehrere Baracken als Gästehäuser umgebaut – sie sehen schlicht aus, haben aber eine Klimaanlage, gut ausgestattete Bäder und kleine Kochnischen. Es stimmt, wir haben eines der Häuser bewohnt. „Wer keine Lust zum Selbstkochen hat, nutzt unser Restaurant. Was serviert wird, stammt aus eigener Produktion, inklusive der Weine." Der Speisesaal war schlicht, aber gemütlich, die Wände zierten Fotos aus der Gründerzeit, kein Stalin weit und breit. Hier verbrachte unsere Reisegruppe mehrere angenehme Stunden, milchig und fleischig wurde zwar getrennt, aber im Magen wieder vereint. Der Ausklang fand mit gutem Wein auf der Terrasse vor unserer Baracke unter einem ausladenden Brotbaum statt, von der aus wir spielende Kinder der freundlichen jungen jüdischen Eltern beobachteten. Noch heute spüre ich die fröhliche Atmosphäre.

Die neuesten Wohnhäuser sind keine Baracken mehr. Sie erinnern an norwegische Reihenhäuser. Das Gebäude verbindet zwei Doppelhäuser in einem Winkel von 45 Grad, die Wohnungen im Erdgeschoss haben eine großflächige Terrasse, die vollgestellt ist mit Spielzeug, Fahrrädern, Kinderwagen und mindestens einem Grill. Wo noch ein bisschen Platz bleibt, stehen Blumenkübel und eine Bank.

Rodiny s bytem nahoře mají jako kompenzaci ještě větší lodžii, podobně vybavenou.

Mě nejvíc zaujala obrovská oliva mezi domky. Olivy si chodí sklízet arabská rodina k vlastní spotřebě. S rodinou před léty vysídlenou nemá nic společného. Oliva je prý moc zavlažovaná, takže plody obsahují málo oleje, ale jíst se dají. Za olivovníkem se skví obrovská terasa fungující jako skatepark. Pod ní je podzemní kryt, kde má každý člen kibucu vlastní postel. Naštěstí už 49 let na ní nikdo nebyl nucen přenocovat. Vysídlení Arabové už se uklidnili a smířili se se situací… A se sousedním Jordánskem má dnes Izrael mírovou smlouvu. Golanské výšiny a problematická Sýrie jsou naštěstí „vzdálenější".

Kibuc byl i vyzbrojen. Zbraně byly zakopány vedle domů dětí. Nedávno prý obyvatelé kibucu sklad hledali, ale žádné zbraně nenašli.

Die Bewohner in der ersten Etage haben als Kompensation zur fehlenden Terrasse eine noch größere Loggia, auf der mehr Blumen als Spielzeug stehen.

Bei dem Rundgang blieb ich erstaunt vor einem uralten riesigen Olivenbaum stehen. Die Oliven erntet eine arabische Familie aus der Nachbarschaft. Waren das vielleicht die Nachfolger der Familie, die den Baum vor 100 Jahren pflanzte und enteignet wurde? Der Reisführer holte mich von meiner romantischen Ansicht wieder runter. Nein, die Oliven haben zu wenig Öl, weil der Baum zu viel bewässert wird, die Oliven sind nur zum Essen geeignet. Eine komische Erklärung, fand ich. Hinter dem Olivenbaum fuhren Kinder auf einem Betonspielplatz Skateboard. In Wirklichkeit ist es eine Betondecke eines riesigen Schutzraumes, in dem jedem Kibbuznik ein Bett zur Verfügung steht. Zum Glück musste seit 49 Jahren niemand mehr dort übernachten. Die Aussiedler beruhigten sich wieder und fügten sich in die neue Situation ein. Mit dem unmittelbaren Nachbarn Jordanien hat Israel ein Friedenseinkommen, Gaza und Syrien sind zum Glück für den Kibbuz weit entfernt.

Der Kibbuz besaß auch ein Waffenarsenal, das seit Jahren in der Erde begraben lag. Neulich wurde das Waffenlager gesucht, es wurde lange gegraben, aber nichts gefunden.

Buď nenašli to místo, nebo jsou zbraně fuč.

Naproti společné jídelně stojí dům seniorů. Hned vedle něj je v provozu obrovské dětské hřiště. Takže staroušci nejsou odsunuti někam na okraj, ale zúčastňují se aktivně či aspoň pasivně všeho dění.

Kibuc je dnes bohatý. Každý člen je podílníkem a o nové členy valný zájem není. Naopak. Podíly by se zmenšovaly. S přijetím nového člena musí souhlasit celá valná hromada. Prý jsou odsouhlaseni jen zájemci z řad potomků. „Každý člen se bojí být proti, co kdyby i jeho děti chtěly do kibucu?" směje se náš lišácký průvodce. Sám má děti čtyři, dvě žijí v osadě, dvě mimo.

Srdečně se s námi dobrou němčinou rozloučí, zábavná a poučná procházka kibucem končí.

Celí tumpachoví sedíme u košer večeře a uvědomujeme si, že jsme právě zažili demonstraci nenásilného ztroskotání komunistických idejí na 500 hektarech. K velké radosti a spokojenosti většiny obyvatel. Až na tu zmenšující se skupinku za „cestičkou". Dnes je kibuc živoucí demokracie. Všichni členové musí všechna rozhodnutí společně uvážit, rozhodne většina. Nechť vzkvétá dnešní kibuc!

Unser Reiseführer kommentierte: „Entweder kann man die Stelle nicht mehr finden oder die Waffen haben sich unter der Erde aufgelöst."

Gegenüber des Speisesaales steht ein Seniorenheim. Daneben spielen Kinder auf einem Spielplatz. Die Senioren sind nicht irgendwo am Rande der Gemeinde ausgesiedelt, sie nehmen aktiv oder zumindest passiv, am täglichen Leben teil.

Die Gemeinschaft ist mittlerweile sehr reich. Jeder Teilnehmer ist zum gleichen Teil ein Teilhaber, niemand ist wirklich auf neue Teilnehmer erpicht. Eine Ausnahme bilden die eigenen Kinder. Für die Aufnahme jedes neuen Mitglieds muss jeder Teilhaber zustimmen, zwar ungern, aber doch heben alle ihre Hand. Es könnte ja passieren, dass das eigene Kind einmal beitreten möchte! Unser alter Fuchs hat selber vier Kinder – zwei im Kibbuz, zwei irgendwo in der Welt.

Danach verabschiedet er sich herzlich von unserer Gruppe. Ich war froh, an der Führung teilgenommen zu haben. Sie war nicht nur informativ, sondern auch unterhaltsam. Hinterher saßen wir alle am Tisch, vollgepumpt mit den neuen Fakten und Eindrücken und uns wurde plötzlich bewusst, dass wir gerade eine Demonstration des Scheiterns des Kommunismus auf 500 Hektar erlebt hatten – auf demokratische Weise. Die kleine Gruppe hinter dem Pfad darf weiterhin bestehen bleiben und weiter machen.

Mimochodem jsme zde nezahlédli jediného ortodoxního žida s lokýnkama v tradičním černém kostýmku. Tady musí všichni pracovat, a ne celé dny mumlat modlitby a studovat tóru. Malou synagogu vybudovali až v posledních letech, ne všichni do ní ale chodí. Náš Hamburčan tedy ani náhodou.

Na třídním srazu jsme si notovali s jednou bývalou spolužačkou, jak zajímavý a krásný je Izrael. Ale jeho ostraha je opravdu ostrá a bezvadně funguje. Poznala to na vlastní kůži. Byla si ještě před odletem do Prahy rychle na trhu zakoupit pár avokád a štíhlých okurek. Narvala nákup ještě rychle do kufru a po check-inu si užívala kafíčka, když tu náhle byla popadnuta pod pažemi a na „andělíčka" odnesena za dveře místnosti připomínající bunkr, na dveřích si všimla nápisu Securitas. Musela otevřít svůj kufr a vylovit podezřelé předměty. Avokáda vypadala na RTG snímku opravdu, ale opravdu jako ruční granáty a okurky jako torpéda.

In den drei Tagen sahen wir keinen einzigen orthodoxen Juden. Niemand läuft hier in schwarzer Kleidung, mit schwarzem Hut, unter dem die typischen Locken herausgucken, herum. Hier wird gearbeitet, niemand darf hier den ganzen Tag nur beten und die Heilige Schrift studieren. Eine kleine Synagoge wurde in den letzten Tagen zwar gebaut, aber nicht alle Kibbuzniks besuchen sie. Unser Reiseführer würde das nie im Leben tun.

Ein paar Monate später, auf einem Klassentreffen, waren meine ehemalige Mitschülerin und ich uns einig, wie einmalig und interessant Israel ist. Sie konnte dann an eigener Haut erfahren, wie ernst die Israelis den Schutz ihres Landes nehmen. Vor dem Abflug hatte sie noch schnell auf dem Markt frische schlanke Gurken und reife Avocados gekauft, auf die Schnelle noch in ihrem Koffer verstaut und nach dem check in ihren Espresso genossen, als sie plötzlich von zwei stattlichen Männern unter den Armen hochgenommen und in einen schalldichten Raum getragen wurde. So schnell, wie man mit Kindern „Engelchen flieg" spielt. Dort musste sie ihren Koffer aufmachen und die verdächtigen Gegenstände herausfischen. Dabei wurde sie vom Sicherheitsdienst durch ein Fensterchen beobachtet. Alle atmeten auf, als sich die Handgranaten und Raketen als Avocados und Gurken outeten.

Všichni si oddechli, ale Mosad se ani moc neomlouval – stejně je zakázané převážet jak ovoce, tak zeleninu. Měla štěstí, že ji neodpálili včetně kufru pro jistotu do vzduchu.

Z toho plyne: Kdo to ještě neučinil, určitě na příští dovolenou naplánovat Izrael. Ale nikdy nedávat do kufrů ovoce a zeleninu!

Lili musste zugeben, dass das Gemüse bei der Durchleuchtung wirklich sehr verdächtig aussah und sie war zuletzt froh, dass sie nicht mitsamt ihrem Koffer in die Luft gesprengt wurde.

Resümee: Falls Sie bislang noch nicht in Israel waren, sollten Sie das unbedingt für Ihren nächsten Urlaub mit einplanen - inklusive Kibbuzbesuch. Aber nie versuchen, Obst und Gemüse zu schmuggeln!

Dominika

Na stará a pohodlná kolena jsme se zcela odklonili od individuálního cestování. Když pomyslím, kolik času a nervů jsme ztráceli hledáním hotelů, pronajímáním auta a vystopováním pamětihodných nebo viděníhodných cílů, kde jsme stejně narazili na hordu turistů, tak mě mrazí. Při indvidiuálním hledání hotelu jsme často udělali chybu. Nejabsurdnější zážitek byl s hotelem v Aucklandu. Manžel byl děsně pyšný, že našel hotel přímo na Queen Street, tedy na hlavní třídě, a za výhodnou cenu. Hotel vypadal slušně, jen mi bylo při večeři divné, že je personál oděn do uniforem, dokonce s rozdílnými výložkami. Tak jsem si je pořádně přečetla a zjistila, že jsme v hotelu Armády spásy.

Nyní fandíme lodím, i když nejen naše dcera se rozčiluje nad znečišťováním oceánů. Konejšíme své zlé svědomí tím, že to zatížení přírody vyváží pracovní příležitosti, které tyhle baráky na vodě poskytují mladým lidem z celého světa. Čím dál tím víc narážíme v posádce i na naše krajany. Letos to byl fešák Tomáš z Bratislavy na ochutnávce vína.

Dominika

Je länger mein Mann, ich und unsere Freunde in den besten Jahren sind (na ja, es klingt besser, als „im Ruhestand zu sein"), desto weniger reisen wir individuell. Mit der Zeit finden wir es lästig, uns logistisch mit der Reiseroute, den Flugscheinen, den Hotelbuchungen, der Automietung - und danach im Urlaubsland - dem Suchen der sehenswürdigen Ziele, zu beschäftigen. Am Ziel gelandet, stößt man sowieso mit den Touristenschwärmen zusammen. Besonders bei der Hotelbuchung kann viel schief gehen. Vor Jahren hat mein Mann in Auckland, Neuseeland, in der Stadtmitte direkt auf der Queen Street gebucht. Die Lage stimmte, es war aber ziemlich auffällig, dass das Personal mit seltsamen Uniformen ausstaffiert war, sogar mit verschiedenen Abzeichen. Dann habe ich mir die Schildchen genauer angeschaut - es war ein Hotel der Heilsarmee!

Mittlerweile sind wir große Fans von Kreuzfahrten geworden. Unsre schlechtes Gewissen wegen der Umweltverschmutzung beruhigten die zahlreichen Arbeitsangelegenheiten nicht nur für die crew, sondern auch für die Einheimischen.

A jak je to příjemné, mít stále svůj pokojíček, nemuset vybalovat kufr a k dalšímu cíli se blížit houpáním na vlnách, sedíce tu na palubě, tu na balkónku či v plovoucí restauraci nebo v divadle.

Pokud křižujete oceán, tak skoro nikdy žádnou další loď ani nezahlédnete, zato v přístavech je to horší, tam kotví nejméně dva až tři paneláky. Určitě existují odpůrci cestovního ruchu i mezi místním obyvatelstvem, ale nikdy jsme na ně nenarazili. Většina totiž vydělává na turistech svůj chléb vezdejší a nápis na jednom bistru v Karibiku to krásně dokumentuje: God bless our tourists!

Na Dominice jsme se rozhodli navštívit s malou skupinkou odlehlou vesnici původních obyvatel. Každý je ještě v dnešní době nazývá Indiány, což pochopitelně rádi nemají, sami se hlásí k původnímu národu Kalinago. V 14. až 17. století kontrolovali veškeré karibské ostrovy, přepadali vesele sousedy, ani ne tak za účelem kanibalismu, ale hlavně aby si odvlekli nové ženské, ne vždy k snědku.

Und wie angenehm das ist, wenn man ständig sein eigenes Zimmer hat, keine Koffer auspacken muss und zum nächsten Ziel befördert wird, sitzend an Bord, oder im Restaurant, oder auf dem Balkon, die schäumende Fahrrinne beobachtend.

Solange man die Ozeane durchkreuzt, sieht man zum Glück kein anderes Schiff. Schlimmer ist die Situation in den Häfen. Dort liegen mindestens zwei bis drei von diesen Ungeheuern vor Anker. Man findet bestimmt auch unter den Einheimischen Kreuzfahrtgegner, wir sind aber keinem begegnet. Die Mehrheit verdient ihr tägliches Brot mit den Touristen. Nicht nur in den Bars und den Souvenirläden, aber auch als Obst- -und Gemüseanbauer. Eine Aufschrift auf einem Kiosk dokumentiert diese Einstellung: God bless our tourists!

Auf Dominica haben wir mit einer kleinen Gruppe beschlossen, die Ureinwohner zu besuchen. Man nennt sie noch heutzutage zu Unrecht „Indianer". Sie selber sind stolz auf ihre Abstammung von der ersten Nation - der „Kalinago". Im 14.-17. Jahrhundert kontrollierte dieses Volk alle karibischen Inseln. Mit großer Hingabe überfielen sie die Nachbarschaft, nicht nur, um ihre Speisekarte anzureichern („Karibianer" leitet sich von „Kannibale" ab), sondern hauptsächlich, um neue, frische Weiber zu rauben und sie nicht immer wörtlich zu verspeisen.

Díky míšení genů se tato etnická skupina do dneška udržela zdravá. I v současnosti je mužům dovoleno si brát i více žen z karibského obyvatelstva. Ale jen pánům tvorstva, pro ženy kmene Kalinago jsou cizí muži tabu.

Když Kolumbus narazil v neděli na Dominiku, dal ostrovu podle neděle v latině jméno. Brzy se přihnali další kolonisté, nejdříve krátce Francouzi, kteří začali na plantáže cukrové třtiny přivážet černé otroky z Afriky. Od r. 1805 byla Dominika britskou kolonií, která se stále více osamostatňovala a demokratizovala. Od roku 1938 byly povoleny různé politické strany, bylo zavedeno volební právo pro všechny obyvatele, nejen pro majetné, jak to bylo zpočátku. Od r. 1978 je Dominika nezávislým státem, členem OSN. A naši Kalinaqové se stali menšinou, pouhými 2,9 % obyvateli mezi černochy a mulaty.

Do jejich zapadlé vísky jsme jeli malým minivanem přes hory a doly, vše bylo bujně porostlé tropickou vegetací, prostě jako jedna ohromná botanická zahrada.

Dank der genetischen Mischung blieben die Kalinago gesund, verschont von erblichen Krankheiten. Bis zur Gegenwart dürfen die Kalinagomänner drei bis vier Frauen heiraten, diejenigen von anderen Völkern inklusive. Nur den Herren wird es erlaubt, für die Frauen sind die fremden Männer tabu.

Den Namen „Dominica" verdankt die Insel Kolumbus. Sie wurde am Sonntag "entdeckt", und Sonntag heißt lateinisch dominica. Bald folgten die anderen Kolonisten, als erstes die Franzosen, welche anfingen, schwarze Sklaven aus Afrika anzuliefern, um die Zuckerrohrplantagen zu bewirtschaften. Ab dem Jahr 1805 war Dominica eine britische Kolonie, die sich mit der Zeit zur Selbstständigkeit und Demokratie entwickelte. Seit 1938 wurden verschiedene politische Parteien zugelassen, das Wahlrecht bekamen alle Bewohner, nicht nur die Vermögenden, wie früher. Bis Dominica im Jahr 1978 ein unabhängiger Staat wurde, in der UNO verankert. Und unsere stolzen Kalinago sind zur Minderheit von 2,9% unter den Schwarzen und Mulatten geworden.

In das kleine Dorf der Kalinago fuhren wir mit einem kleinen Minivan durch Berge und Täler. Dank des vulkanischen Ursprungs und des Klimas ist die Insel dicht bewachsen mit ineinander verflochtenem Grün.

Tato zeleň je prošpikovaná 365 toky, které, stékajíce z hor vulkanického původu, tvoří v době klidu romantické vodopády, v době lijáků a hurikánů živelnou spoušť. Pro silnice je to hrůza! Náš karibský řidič se náhlými přerušeními vozovky, jejíž povrch byl stržen včetně mostů, nenechal vyvést z klidu. Zcela vyladěný, „cool", jak se teď říká, přejížděl hlemýždím tempem po zbytcích podkladů a přes improvizovaná přemostění. K tomu nám místní průvodce, krásný černý Karibčan, od srdce pěl hymnu. Pochytila jsem z anglického textu, že je to nádherná zem, že má bezva obyvatele, kteří svůj ostrov milují a jsou na něj pyšní. A že Bůh má Dominiku ochraňovat. Ještě že jsem to absolvovala s kamarádkou, manžel by šílel a vyžadoval obrácení vozidla. Trochu nás vyvádělo z míry, že v různých koutech silnice, někde i na zahrádce, se válely vraky aut, částečně už prorostlé bujnou zelení, něco jako chrámy Aztéků a Mayů. Že by to ti řidiči někdy přece jenom nevybrali?

Durch diesen riesigen botanischen Garten schlängeln sich 365 Flüsse und Bäche. So lange das Wetter sonnig und ruhig ist, bilden die Gewässer romantische Wasserfälle und Naturbecken, wenn Hurrikans und Wolkenbrüche wüten, verwandeln sie sich in eine Naturkatastrophe. Nicht nur die Brücken, auch die Straßen werden streckenweise weggerissen, die Bäume umgestoßen und über alles wird Erde gespült. Diese Folgen brachten unseren karibischen Fahrer gar nicht aus der Ruhe. Ganz cool passierte er im Schneckentempo die beschädigten Strecken auf dem Untergrund und den improvisierten Überbrückungen. Dazu sang unser heimischer Reisebegleiter voller Inbrunst die dominikanische Hymne. Von dem englischen Text habe ich mitgekriegt, dass Dominica das schönste Land der Erde sei, die Bewohner gehören zur Sahne der Menschheit, die Insel wird heiß geliebt und alle sind stolz auf Dominica. God bless Dominica! Zum Glück habe ich diesen Ausflug mit meiner Freundin Olga absolviert. Mein Mann hätte geschrien und sich geweigert, die Fahrt fortzusetzen. Man muss zugeben, dass die Autowracks, entlang der Straße verteilt und teilweise mit Grün überwuchert, nicht gerade aufmunternd wirkten. Wahrscheinlich hatten das bislang nicht alle Fahrer bewältigt.

Konečně jsme asi po hodině dorazili ke krásnému potoku, kde jsem si s rozkoší, sedíc na balvanu v peřejích, omyla orosené čelo a rozžhavené nohy. Na břehu stál altán se složenými lavicemi a stoly. Asi po dvaceti minutách se objevil náčelník, v klidu nás uvítal a vyzval k návštěvě své vesničky. Ta se skládala z několika domků volně hozených do stráně, v různém stavu výstavnosti. Od omšelých prkenných chatrčí k upravenému domečku s plechovou, na zeleno natřenou střechou. Hned u prvního stavení nám byl představen primitivní lis na cukrovou třtinu. Byla jsem překvapená, kolik sirupu vytéká z toho tlustého klacku. A nechutná to zase tak špatně, jak to vypadá. Vypadá to totiž jako špinavá voda z nádobí. Dala jsem si dva frťany. Přeměna na rum a cukr trochu trvá, ale to Kalinagům nevadí, mají na všechno dost času. A že se jim to daří, dokumentoval jeden mumlající, pěkně orumovaný stařec.

Do „práce" nechodí, starají se jen o samozásobování. Nějaké peníze ale vydělávat musí, proto to přijímání turistů, pletení košíčků a navlékání korálků z bobulí kolem baráků. V rákosových sukénkách se jim chodit už nechce. Všichni nosí kraťasy, trička a kšiltovky, ve kterých mají prostrčený cop. Vypadají jako Indiáni, někteří jsou trochu tmavší, díky té karibské přimíšené krvi. Náčelník si stěžoval, že jen jedna věc jim nabourává jejich spokojenost. Vadí jim, že nedostanou v žádné bance půjčku.

Nach einer spannenden Stunde erreichten wir das Dorf. Zunächst sahen wir nur einen Altan mit aufgestapelten Tischen und Bänken am Bachufer. Sonst bewegten sich eine halbe Stunde nur Zweige im Wind. Ich nutzte die Pause zur Erholung. Sitzend auf einem Stein, die Füße im kristallklaren Wasser, um mich herum saftiges Grün, über den Bäumen blauer Himmel, angenehme Temperatur – „Es muss schön sein, hier zu leben!", dachte ich mir. Dann erschien der Häuptling. Seelenruhig ließ er uns willkommen heißen, klärte uns über die Kalinago auf, und dann regte er sich doch sehr über die Kreditunwürdigkeit seines Stammes auf. Das Grundstück für das Dorf wurde den Ureinwohnern vom Staat zur Verfügung gestellt und da sie keiner geregelten Arbeit nachgehen, gab ihnen keine Bank einen Kredit.

Vor einem Haus führte uns ein Greis mit einer primitiven Presse vor, wie man aus zerstückeltem Zuckerrohr den Sirup gewinnt. Ich war sehr erstaunt, wie viel Saft aus dem Stock floss. Der Sirup sah wie dreckiges Abwasser aus, schmeckte aber erstaunlicherweise ganz gut. Ich habe als einzige zwei Gläschen getrunken. Die Umwandlung in Zucker und Rum beansprucht viel Zeit. Das ist aber für die Einwohner kein Problem. Davon haben sie genug! Und dass die Rumherstellung klappt hat ein stammelnder und wankender Säufer demonstriert.

Nejsou nikde zaměstnaní a půda, na které vesnice stojí, jim nepatří. Dostali ji k dispozici od státu. Ale jinak si vystačí, jelikož na Dominice roste všechno, co se strčí do země. Vodil nás od rostliny k rostlině. Maximálně jich bylo tak kolem deseti kousků od každého druhu. Žádná políčka! Na co, vždyť stačí u každé chalupy jedna aloe vera (půlhodinový výklad o tom, na co je dobrá), jedna maracuja, mango, pár brambor tania, pár ananasů, kokosová palma, maniok, dýně, cukrová třtina a pár banánových keřů. U každé rostliny půlhodinový výklad. Nejdelší u citrónové trávy, která roste kolem cest. Jelikož to všechno díky globalizaci a cestování známe, tak jsem pomalu rostla z kůže. A nikde lavička! Tak jsem se trhla a prohlížela si slepice, které se všude motají, pár kachen na malém rybníčku a komposty.

Všechny odpadky jsou organického původu, čili vesele tlejí za každým barákem. Nikde není vidět žádný plast! Všechny domky mají zavřené okenice, aby jim tam nikdo nečuměl. Ani se jim nedivím. Určitě mají uvnitř elektrický sporák a ledničku. Nikde jsem neobjevila televizní anténu nebo satelit. Konečně jsme se dopracovali k otevřenému ohništi, kde náčelníkova manželka pekla v pánvi maniokový chleba. Jsou to vlastně kuličky, které se žárem navzájem spojí a vytvoří jakousi placku.

Endlich sind wir auf einem Pfad den Hang aufgestiegen und erblickten die Dorfhäuser, die auf unterschiedlichem architektonischen Niveau liegen. Von schiefen Holzschuppen bis zu hübschen Häuschen mit grünen Blechdächern. Eines der neuen Häuser gehörte dem Häuptling, die Mitarbeit bei der Reederei hatte scheinbar Früchte getragen. Sonst sind die Kalinago Selbstversorger. Alles, was sie brauchen, wächst von alleine um die Häuser herum. Ein paar Mangobäumchen, eine Kokospalme, Ananas, Maracuja, Maniok, Kürbisse, Zuckerrohr, Bananenstauden, Süßkartoffeln und Kartoffeln. Es sind keine Felder zu sehen, immer nur so um die 10 Pflanzen, genau dem Familienbedarf entsprechend.

Jde to neuvěřitelně pomalu a těch placek vyráběla velké množství pro nás všechny. Světlým bodem byl jeden podnikavý děda, který nás nalákal k takové boudě, kde se skvěla MRAZNIČKA plná piv. Měl větší kšeft než dívčina s košíčky a omladina s korálky. Ale ještě nebyl konec! Náčelník se rozmáchl, vlastnoručně rozsekl kokosový ořech a nastal pohodový výklad, o tom, na co se používá mléko, dřeň, kopra a skořápka. Už se mi vyloženě chtělo dupat a řvát: Už je dost toho relaxu, kde je trochu hektiky!? Tuto trochu nabitou atmosféru uvolnila kamarádka, která od náčelníka odkoupila celou tykev, krásný přírodní výrobek, i s nápisem Tipps. Nikdo tam totiž nic nedával. Konečně jsme se po třech hodinách, všichni hotoví z té pohody, dovlékli POMALU k původnímu altánu. Lavice a stoly už stály a my jsme se mohli dosyta nasytit místními produkty podle místní kuchařky. Šťáva z maracuji neměla chybu, kokosová dužina byla nastrouhaná a opečená, také docela dobré. Potom opečené banány a bramborové lupínky, tak jak je známe, ale bez tuku. Nastrouhaná sušená ryba s citrónovou trávou a kurkumou byla velmi zajímavá, k tomu maniokové placky, které nám také zachutnaly. Zato slisované tania brambory do šedé suché hmoty bez chuti a zápachu se opravdu jíst nedaly. Slouží zřejmě jako čisté uhlovodany.

Die Ureinwohner sehen wie „Indianer" aus. Manche sind ein bisschen dunkler dank der Beimischung von karibianischem Blut. Sie tragen keine Graßröcke mehr, alle laufen mit Bermudas, T-Shirts und einer Baseballkappe rum, die im Nacken mit einem durchzogenen Zopf aufgepeppt wird. Das Geld für die Kleidung, ein paar Elektrogeräte, Strom eingeschlossen, wird mit dem Verkauf von selbst geflochtenen Körbchen und Korallenketten, die für Besucher bestimmt sind, verdient. Das dafür benötigte Naturmaterial wächst hinter jedem Haus.

Über die Zweckmäßigkeit und den Nutzen jeder Pflanze wurden wir ausführlich, lange und sehr bedächtig aufgeklärt. Es ist nur Pech, dass man alles Dank der Globalisierung kennt. Bald habe ich den Drang gespürt mit den Füßen zu stampfen und laut zu schreien: „Nein, ich will nicht mehr über Zitronengras belehrt werden, ich weiß das längst. Wenn wenigstens irgendwo eine Bank zum Ausruhen stehen würde! Nach zwei geschlagenen Stunden habe ich mich diskret entfernt und habe mir die Häuschen angeschaut, alle mit zugezogenen Fensterläden. Das wunderte mich nicht, denn sonst würden alle Besucher reinspähen, mich eingeschlossen. Dann blieb mir nur noch übrig, hinter jedem Haus den Kompost zu studieren, was sehr interessant war. Wirklich nur organische Abfälle, überhaupt kein Plastik dazwischen.

Po dobrém jídle se všichni návštěvníci odebrali na místní záchod, splachovaný vodou z potoka. Záchod jsme nějakým způsobem strhli, nastala naprostá potopa celé budky, ale naštěstí jen vodou. Do příští návštěvy z další lodě budou mít Kalinaqové co dělat, aby to dali dohromady.

Jo a ty plastikové pohárky, talíře a příbory jsme si vzali s sebou na loď, tam už budou vědět, jak to zlikvidovat.

Ten výlet stál 65 euro, doufám, že alespoň půlku dostanou Kalinaqové a brzy budou hodni kreditu, aby si mohli zastřešit chaloupky.

A jestlipak víte, že Dominika byla Ostrovem pokladů z románu od Stevensona? Teď to víte.

Nirgendwo habe ich einen Satelliten, oder eine Fernsehantenne entdeckt, nur ein paar Stromkabel. Eines führte zum Schuppen mit einer richtigen „schwarzen" Küche, d.h. mit einer offenen Feuerstelle, eisernen Töpfen und Pfannen. Und mit einer GEFRIERTRUHE, randvoll gefüllt mit zahlreichen Bierflaschen. Sofort stand ein hilfsbereiter Opa auf meiner Seite – und das Bierchen hat mir gemundet! Der Bier-Opa hat seinem Häuptling die gesamte Gruppe entführt und verdiente im Nu weitaus mehr, als die Mädels mit den Körbchen und Ketten. Nach dieser Erfrischung waren wir in der Lage, auf den umliegenden Steinen um eine romantische offene Feuerstelle sitzend, so dass wir das langwierige Backen von Maniokbrot verfolgen konnten. Dabei schmelzen Kügelchen in einer Pfanne und vereinen sich danach zu einem Fladenbrot. Es ist essbar, mehr nicht. Aber der Häuptling war mit uns noch nicht fertig. Mit einem theatralischem Schlag halbierte er eine Kokosnuss, um uns zu erklären, was und wozu die Kokosmilch, das Kokosfleisch und die Kopra dienen. Die angespannte Atmosphäre führte endlich zu einer Entspannung meiner Freundin Olga, die dem Häuptling einen wunderschönen Kürbisbehälter abgekauft hatte, mit der Aufschrift „Tipps" inbegriffen.

Endlich wurden wir zum Altan zurückgebracht, wo schon die Tische und die Bänke aufgestellt waren. Die Kalinagomädchen servierten uns Leckereien der einheimischen Küche. Gegrillte Kokosnuss, geraspelter Trockenfisch gemischt mit Kurkuma und Zitronengras, Maniokbrot, Kartoffeln-sowie Bananenchips. Es schmeckte alles ganz gut. Am besten mundete mir der frische Maracujasaft und am fraglichsten fand ich eine graue Masse aus Taniakartoffeln, da sie ohne Geschmack und Duft war. Nach dem guten Essen besuchte die gesamte Gruppe die lokale Toilette, die mit Bachwasser gespült wurde. Aber es waren zu viele Besuche hintereinander für die sanitäre Anlage, bald wurde sie komplett überschwemmt, zum Glück nur mit Wasser. Bis zur nächsten Schiffsanreise haben die Kalinago zu tun.

Die Plastikteller, Becher und Bestecke nahmen wir mit. Auf dem Schiff wird die crew damit schon fertig.

Der Ausflug hatte pro Person 65€ gekostet. Ich hoffe, dass die Ureinwohner wenigstens die Hälfte davon bekommen, um bald kreditwürdig zu sein. In einem baufälligen Schuppen zu wohnen ist zwar ursprünglich, aber nicht gerade angenehm. Deu Und wussten sie, dass die Dominika die Schatzinsel von Stevenson war? Jetzt wissen sie es.

Cinque Terre podruhé,
a to se nemá dělat…

Představte si romaticky usazené vesnice mezi skalnatými výběžky, které olizují krásné jazyky modrého moře, mezi nimiž se vine říčka nebo potok tvořící pohádkové zátoky s písečnou plážičkou jak pro trpaslíky, s výjimkou Monterossa. V zátoce se kolébají na vlnkách zakotvené lodičky. Všechny domy pastelových barev jsou postaveny do stráně, takže mají dole hlavní vchod u vody a další v 1. patře rovnou ven. To bylo velmi praktické za pirátských přepadení. Zadním vchodem prchli obyvatelé včas do okolních lesů. Poprvé jsem Cinque Terre shlédla za krásného počasí a nepřeplněné turisty, byla jsem natolik okouzlená, že jakmile jsem zahlédla prospekt s nabídkou C. T., znovu jsem balila kuffík. Ne tak manžel, ten cestuje zásadně podle hesla: Kde už jsem jednou byl, tam mně nikdo nedostane. Tudíž jsem přemluvila sestřenici Standu. A vybásněná C. T. nás uvítala studenou sprchou. Doslova a do písmene. Lilo skoro celý den. Navíc byl květen, měsíc školních výletů. Všude jsme narážely na hlučící puberťáky v útvaru s vynervovaným učitelských doprovodem. Navíc byl program tak koncetrovaný, že jsme nevynechaly jedinou vísku, to znamená jediné nádražíčko.

Cinque Terre zum zweiten Mal und das soll man nicht machen...

Als ich diese romantischen Ortschaften zum ersten Mal sah, war ich verzaubert. Schon die Lage ist einmalig. Die Häuser stehen zwischen fünf ländlichen Felsen, die wie die Finger einer Hand ins Meer zeigen. In der Mitte der Siedlungen schlängelt sich ein Flüsschen hindurch, an seiner Mündung bildet sich ein sandiger Strand, meistens winzig, nur in Monterosso hat er eine beachtliche Länge. Vertäute Boote schaukeln in den Wellen am Strand. Die Häuser in verschiedensten Pastellfarben sind in den Hang gebaut, sodass sie zwei Eingänge haben - einen unten am Wasser, den zweiten in der ersten Etage am hinteren Ende. Dies hat sich als sehr praktisch bei jedem Piratenüberfall erwiesen, denn man konnte jedes Mal durch den Hinterausgang in die umliegenden Wälder fliehen. Eine Verbindung zwischen den Ortschaften bestand früher nur aus einem in die Felsen gehauenen Pfad, meistens trafen sich hier die Liebenden, weswegen er „Via d'Amore" heißt. Liebevoll gepflegt ist die Strecke zwischen Maggiore und Manarola. Um den Pfad herum klettern Steingartenpflanzen den Hang hinauf, überall stehen Bänke, die die Paare zum Verweilen verführen. Selbstverständlich kamen die Liebenden auf die Idee, ihre Liebe mit einem abgeschlossenen Schloss an der Bank zu versiegeln, oder an den Schutzgittern, am Tor, einfach überall.

Těmi jsem byla před třemi lety tak nadšená, byla poloprázdná, vyloupnutá z tunelů do slunce, lavičky, fontánky a romantické nádražní budovy, a hlavně, navštívili jsme pouze TŘI. Zato při této cestě byla nadupaná teenagery, a my, ohlušeny jejich řevem a zalévány spoustou vody ze zataženého nebe, jsme z toho tedy rozhodně žádný požitek neměly.

Jedině v Monterossu se konečně z mraků vyklouplo SLUNCE a my jsme si mohly užít úzké uličky, morbidní kostel vyzdobený lebkami, skelety a s oltářem ve tvaru rakve, krásnou zátoku, a dokonce si na romantickém náměstíčku pochutnat na místní specialitě – černých sépiových tortellini plněných toskánskými houbičkami. Nakonec mě Standa zatáhla do butiku, kde jí nic nesedělo, ale zato mně. Copak asymetrická blůzička, takových už mám hromadu, ale ten SVETR. Přehazovací, inspirovaný vlaštovkou s fráčkem, měkkoučký a teploučký. Ten nemá chybu a od té doby ho všude tahám s sebou. A v těchto lokalitách se navíc nevyskytovali žáci!

Největší deziluzí byla via d'Amore. Tak jsem se tam těšila a setřenici navnadila, že to prostě muselo skončit fiaskem. Vesnice Riomaggiore, Manarola, Vernazza a Monterosso jsou kromě vláčku, spojeny také stezkou vytesanou do skal s plno zákoutími včetně laviček a ozdobenými květenou, plazivkami, vonícími bylinkami.

Nach dem Schwur der ewigen Liebe wird der Schlüssel ins Meer geworfen, um die Liebe zu konservieren.

Später wurden die Felsen mit Tunneln durchbohrt und die Gleise für die Eisenbahn gelegt. Bei schönem Wetter ist es ein unvergessliches Erlebnis, aus einem der Tunnel zu treten, vor sich die schönen Häuser, die gepflegten kleinen romantischen Bahnhöfe, am Horizont das blaue Meer und umgeben von Felsformationen. Alles mit grünen Sträuchern und Bäumen garniert. Auf der Via d'Amore blühte und duftete es damals im Mai, es waren nur verliebte Paare zu sehen, selten erblickten wir einen Touristen. Dieses Mal regnete es in Strömen, überall drängelten sich Teenager, schrien und lachten, wie das halt die Jugend macht – es war Juni und die Zeit der Schulausflüge. Zu allem Überdruss begegneten wir zwei abgebrühten Typen mit einer Schubkarre, die fast voll beladen war mit abgebrochenen Schlössern. Ich rief entsetzt: „Was machen sie denn mit den Liebesbeweisen?" „Senora, so ist das Leben, ein Jahr haben wir ihnen gewährt, jetzt muss alles runter, sonst brechen die Bänke und Gitter unter der Last zusammen. Ein Jahr reicht für die Liebe!", lachten die Italiener höhnisch. Da ich eine Pragmatikerin bin, fragte ich, ob ich ein Schloss bekommen dürfte. „Na klar, nehmen sie ruhig die ganze Ladung mit." Dann habe ich zwei zusammengebundene Schlösser rausgefischt.

Jsou jako stvořené pro zamilované páry, které všude, kde se dá, uzamykají svou lásku do visacího zámečku a klíček hodí do moře.

Tento kritický den byla via d'Amore přeplněna rozveselenými třídami, zkrápěna lijákem a nakonec se před námi zjevili dva bodří Italové s kolečkem a štípačkami, kolečko už vrchovatě naplněné odštípnutými zámečky lásky. „Co to proboha děláte?", ptám se zděšeně. „Vždyť ničíte přísahy věčné lásky!" „Seňora," odvětili s cynickým úšklebkem, „to by se nám ty mřížky a lavičky už za rok prolomily a spadly do moře. Nic takového nelze dopustit, amore na jeden rok a basta, každý musí dostat příležitost!" „Mohu si tedy tyto dva spojené vzít?" „Třeba celé kolečko," chechtali se pupkatí cynikové. Také dobře. Jsem pragmatička. Zámečky slouží jako přívěsek ke klíčům od domku dcery a jejího muže. Sice ty zámečky neuzamkli osobně, ale klíček se válí na dně Středozemního moře, jaká to symbolika. Ptáte se možná, proč zámečky nevisí na našich klíčích. Na denní nošení to není praktické, je to moc těžké.

Stráně nad Cinque Terre jsou osázené vinnou révou. Mezi vinohrady projíždí malé přízemní lanovky, jak by tam ti chudáci vinaři mohli jinak neustále pěšky šplhat? Když je zrovna nepotřebují, tak na nich svezou turisty. Víno je opěvováno již v Dekameronu a i v současnosti je moc dobré.

Bis heute zieren sie den Ersatzschlüssel meiner Tochter. Sie und ihr Mann haben diese Schlösser zwar nicht selbst abgeschlossen, aber die Schlüssel liegen sicher auf dem Meeresgrund. Was für eine Symbolik?! Vielleicht fragen sie sich, warum ich die Schlösser nicht an meinem Schlüsselbund trage? Es ist unpraktisch. Sie sind zu schwer für den täglichen Bedarf.

Bei dieser Reise wurde kein Bahnhof ausgelassen. Im Regen stehend, umzingelt von lärmenden Schülern und genervten Lehrern, verbrachten wir mit meiner Cousine STUNDEN. Dadurch war die ganze Romantik im Eimer. Nur in Monterosso schaffte es die Sonne hinter den Wolken hervorzukommen. Wir konnten durch die engen Gassen schlendern, sogar eine Boutique und die unvergessliche morbide Kirche besuchen, die anstatt eines Altars einen Sarg und überall Skelette anstatt von Engeln hat. In der Sonne, ohne einen Schüler zu erblicken, verspeisten wir zudem mit großer Wonne schwarze Sepientortellini, mit toskanischen Pilzen gefüllt. Aber auf dem Bahnhof in Vernazza waren der Regen und die Teenies wieder da. Freiwillig verzichteten wir auf das Gedränge im Nass und verfolgten mit einem mitleidigen Blick die pitschnassen Gestalten aus den Fenstern einer Taverne bei einem Glas Vernace.

Tudíž nás nakonec usmířilo s tím nevydařeným dnem, ve Vernazze jsme se usadily v baru, vykašlaly se na courání v lijáku a vychutnávaly vínko Vernace.

Když tu značku objevím ve vinotéce, už ji mám v tašce a vzpomínám při skleničce Vernace na tuto nakonec přece jen krásnou hodinku ve Vernazze. I když to víno prý pochází z Villa Ligi. No a co?

Pokud Cinque Terre, pět zaslíbených zemí, chce uvidět někdo, kdo nenávidí turistický ruch, musí navštívit vesnici Corniglia. Ta jediná trčí nad těmi ostatními 100 m nad mořem, těžko se tam šplhá, ale odtud je to pravé víno z Dekameronu. Dolů můžete sjet lanovkou mezi vinicemi.

Neberte mě vážně, Cinque Terra je nádherná, ale nejezděte tam za deště a v době školních výletů.

Ich habe zwar erfahren, dass der Wein aus Villa Ligi stammt, aber was soll's?! Für mich war das Vernace in Vernazza. Um die Dörfer klettern überall die Weinberge hoch, um sich in der Sonne zu räkeln. Die Winzer und Weinanbauer versorgen die Weinstöcke von einem Flaschenzug aus, um nicht ständig rauf und runter steigen zu müssen. Wenn sie nichts zu versorgen haben, befördern sie Touristen. Wer die Dörfer von oben sehen will und den Touristenrummel hasst, der muss Coniglia besuchen. Das ist das einzige Dorf, das keinen Zugang zum Meer hat und ganz oben auf einem Felsvorsprung erbaut wurde. Hier kann man den echten Coniglia Wein kosten, der schon in Dekameron besungen wurde. Nach unten kann man mit dem Flaschenzug fahren. Je mehr angeheitert man ist, desto besser.

Trotzdem ist Cinque Terre wunderschön. Aber nicht im Juni im Regen!

Život se psy

ZLATÝ pes Wicky, slyším několikrát denně od mého manžela znechuceného neplechou našeho nového, ne zrovna zlatého psa. Zlatý pes se sice válel s oblibou v chcíplých smradlavých rybách a v lidských exkrementech, které také žral, ale to už páníček zapomněl. Nejstrašnější byla vycházka i s tetou Stáňou Kyjovským údolím. Když jsme odpočívali u Turistického mostu, tak teta pocítila potřebu si odskočit. Za chvilku přišla celá vyjevená: „Nevím, jak je to možné, ono to hovno zmizelo." Hned jsem věděla, co se stalo. Chytnu Wicky, ještě se blaženě olizovala. Tak s ní do Křinického potoka a drhnout tlamičku v ledové vodě.

Wickynka měla krásný život. Přežila patnácté narozeniny, ale hned po nich začalo selhávání srdce. Zkoušeli jsme to s odvodňováním a posilováním srdíčka asi tři týdny, pak jsme to vzdali a dovezli ji k veterináři na poslední injekci. Řvala jsem jak tur a můj statečný manžel ji hladil do poslední chvíle, zatímco já se vzlykajíc odplížila na chodbu. Pohřbili jsme ji za chalupou a tak máme možnost ji vždy pozdravit a zavzpomínat na ni. Zlatý pes musel vydržet několik hodin sám doma, nikam neutíkal, spal s námi v nohou postele a mazlivě se tulil ke všem členům rodiny.

Hundeleben

Täglich höre ich meinen Mann ächzen: „Goldene Wicky", wenn er unseren zweiten Cockerspaniel beobachtet. Der „goldene" Hund fraß zwar nicht nur stinkende Fische, aber auch menschliche Exkremente, was das Herrchen schon vergessen hatte. Am schlimmsten war ein Erlebnis beim romantischen Spaziergang mit unserer Lieblingstante Standa entlang der Krinitz in der Böhmischen Schweiz. Am Ziel angekommen, musste sich die Tante erleichtern und verschwand im Wald. Nach einiger Zeit erschien sie wieder und war ganz verwirrt: „Es ist verrückt, aber meine Hinterlassenschaft ist spurlos verschwunden!" Ich wusste sofort Bescheid, packte unsere Hündin Wicky, die sich begeistert ihre Lefzen leckte und schubste sie ins kalte Bachwasser, um ihr die Schnauze gründlich abzuwaschen.

Ansonsten war sie aber wirklich goldig. Sie kuschelte sich an alle Familienmitglieder und Besucher, schlief bei uns im Bett und verließ die Familie nie, nicht einmal im nicht eingezäunten Garten. An Tagen, an denen unsere Hündin mehr als acht Stunden allein zu Hause geblieben wäre, nahm ich sie in die Arztsprechstunde mit. Wicky schlief brav unter meinem Schreibtisch, die kleinen Patienten konnten wie am Spieß schreien, nichts brachte sie aus der Ruhe.

Když to vypadalo na víc než osm hodin v izolaci doma, tak jsem ji brala do práce. Wicky seděla tiše pod pracovním stolem, pokud se hovořilo služebně. Dětští pacienti mohli řvát, jak chtěli, Wicky věděla, že to patří k pracovnímu úkonu a ani se nehnula. Když se objevila sestřička Hildegard a oznámila mi jiným hlasem, že jsme hotové, a zeptala se, dám-li si kafíčko, vyhrabala se Wicky ihned zpoza stolu a radostně vrtěla ocasem. Tak jsme spolu šly v polední přestávce na procházku a odpoledne už byla zase vzorně pod stolem.

Když už Wicky nebyla, tak jsem se nemohla podívat na prázdný košíček, misku, obojek a její hračky. Nejlepší léčba je prý nový pes. Manžel se bránil zuby nehty, ale prosadila jsem alespoň návštěvu u chovatelky. Jenom se podívat na štěňátka. Jeden vrh byla štěňata zlatobílá, jako Wicky, druhý vrh byl černobílý. Tak jsme pozorovali ta zlatobílá mláďátka, samí kluci to byli a jen jedna jediná holčička. Tu ti dravější kluci odstrkovali od cecíků a ona stále poslední se hrabala za tou divokou smečkou. A to vzalo manžela za srdce. Tak jestli ještě někdy psa, tak jen tuhle odstrkovanou chudinku. A co kdybychom si vzali toho jednoho černobílého? To je zase něco úplně jiného než Wickynka.

Sie hatte begriffen, dass wir im Dienst waren. Als aber meine Sprechstundenhilfe erschien und mit nicht mehr dienstlicher Stimme fragte: „Wir sind fertig, möchten Sie eine Tasse Kaffee?",- da war Wicky sofort wach, kroch aus ihrem Versteck heraus und wedelte fröhlich mit dem Schwanz. In der Mittagszeit gingen wir spazieren, nachmittags saß sie wieder leise unter dem Tisch. Wicky hatte ein schönes Leben. Nach ihrem 15. Geburtstag versagte ihr das Herz, ihre Lunge füllte sich trotz der Medikation mit Wasser. Nach drei kummervollen Wochen gaben wir auf und begleiteten sie zum Tierarzt für die letzte Spritze. Ich heulte hysterisch und musste den Raum verlassen, mein tapferer Mann streichelte sie bis zum letzten Atemzug. Wicky hat ihr Grab hinter unserem Ferienhaus unter der Fichte und wir denken oft an sie.

Als sie nicht mehr da war, konnte ich mir das leere Körbchen nicht lange anschauen. Die beste Therapie ist ein neues Tier, dachte ich. Mein Mann wollte von einem weiteren Hund kein Wort hören, mit einem unverbindlichen Besuch der Züchterin setzte ich mich dann aber doch noch durch: „Wir schauen uns nur mal die Welpen an."…

I když to všechno byli američtí kokři. Kdepak, bránil se manžel. Když už to musí být, tak jen tu chudinku. Za pár týdnů mi chudinka prokousala ušní lalůčky, rozkousala plastikovou zábranu proti skřípání zubů, nakousala všechny knihy na nočním stolku a začala lítat, jak to výstižně popsala dcera, jako píchnuté prase. Když se vylítala, tak sebou sekla, žádné mazlivé spaní s paničkou, kdepak, chtěla mít svůj klidný koutek. Ráno ovšem toužila a stále touží po nových aktivitách a tak si navykla ve svých třech letech života, že to nejlépe klapne s páníčkem. Zaklepe mu na dveře a on se zvedne a vyrazí s ní na luka a do lesů. Někdy máme k tomu na starosti retrívera, také holku, Emmu, od dcery. Ta se také ráda zúčastní klepání na dveře a pak se ranní vyvenčení psa změní pro manžela na viu dolorosu. Mladí psi jsou po noci divocí, táhnou a trhají s ním, až mu zvětralé klouby praští. Náš barák je vystlán spoustou bílých chlupů, normálně krátkých, a když máme Emmu, i pořádně dlouhatánských. Parketová podlaha je poznamenána bludištěm škrábanců, prý se to dá několikrát přebrousit, ale na co? To vše je vyváženo pohledem na běžící dovádějící krasavice, které na vás upírají krásné oddané oči, to v případě Emmy, poťouchlé a vyzývající k nepleše, v případě naší někdejší chudinky Joy. Manžel jí říká Ratzinger. Prý má ten samý kukuč jako bývalý papež. Tedy, když byl papež aktivnější.

Ein Wurf war gold-weiß wie unsere goldige Wicky, der andere war schwarzweiß. Die gold--weißen Welpen waren fast alle Jungen, nur ein einziges Mädchen trottete der Bande hinterher. Als die Jungs zur Mama drangen, zog das Mädchen immer den Kürzeren. Immer wurde sie zur Seite geschoben, nur die letzte kümmerliche Zitze blieb für sie übrig. Diese Ungerechtigkeit traf meinen Mann schwer. „Also, wenn es schon sein muss, dann nehmen wir die arme Benachteiligte!" Von den weiß-schwarzen Welpen wollte er gar nichts mehr wissen.

Mit acht Wochen haben wir die Kleine abgeholt und „Joy" getauft. Nach zwei Wochen im neuen Zuhause hatte sie mir die Ohrläppchen durchgebissen, sämtliche Kabel kaputt gemacht, alle Bücher auf dem Nachttisch angeknabbert und meine Plastikschiene gegen das Zähneknirschen fast aufgefressen. Tagsüber rannte sie wild und unermüdlich durch die Gegend, „wie ein angestochenes Schwein", so beschrieb es unsere Tochter passend. Wenn Joy ermüdet, lässt sie sich fallen, egal, wo sie sich gerade befindet. Mit ihrem Frauchen kuscheln? Nichts da, sie will ihre absolute Ruhe haben. Morgens sehnt sich Joy nach neuen Aktivitäten. In ihren drei Lebensjahren hat sie herausgefunden, dass es reicht, beim Herrchen an der Tür zu kratzen. Sofort ist er bereit, sie hinauszubegleiten.

Snad se i Joy věkem zklidní a její pohled se stane odevzdaným jako ten pohled odstupujícího papeže.

Projevy psí lásky sice hřejí u srdce, ale jsou skoro životu nebezpečné. Představy o mazlení mají ve svých psích hlavách takovéto: skočit na milovaného člověka, pokud to neustojí, tím lépe, pak se mu dávají vlhké pusinky pohodlněji. Když se na tento způsob zkoušejí mazlit s vnoučaty, tak ta pochopitelně ječí, zvláště je děsí ty trháky a tesáky vyceněné v milostném úsměvu. Zajímavé je, že pokud se psi nekonají, tak si na ně děti hrají. Musíme je vodit na vodítku, spí v jejich košíčkách, a objevují se s jejich oslintanými hračkami v puse. Ještě, že to jejich matky nevidí!

Každá fenka má jiné silné a slabé stránky. Emma vzorně poslouchá, přiběhne na zavolání, i když honí zajíce. V tomto rauši Joy nic neslyší, čumák u země, vztyčeným ocasem vrtí ve vysokých obrátkách, zapomene na páníčky. Emička umí lehni, sedni, *tot* - a pak se otočit kolem své osy, pochopitelně pac a zůstaň. Ten náš Ratzinger umí jen *sitz,* pac a *bleib.* Je to dvoujazyčný pes, tak to mícháme, některé povely se řvou lépe německy. Jako pochvalu si obě užívají *hodná*, to se foneticky nedá s *brav* srovnat. Lehni ani platz Joy neovládá, protože ani normálně platz nedělá, jen sebou švihne na bok, když je utahaná. Zato skořápky-hrníčky se schovanou mňamkou najde rychleji než ti skořápkáři.

Wenn dazu noch Emma, der Golden Retriever unserer Tochter, zu Besuch ist, entartet der Spaziergang zur „Via dolorosa". Beide jungen Hunde ziehen und zucken an der Leine, bis seine alten Knochen knacken. Unser Haus ist mit zahlreichen weißen Haaren versehen, der Parkettboden verziert mit so einigen Kratzstellen, unser Ledersofa ist ständig besabbert und mit Sandkörnern bestreut. Diese negativen Tatsachen vergibt man den beiden sofort, wenn man die zwei Schönheiten um die Wette laufen sieht. Und die Hundeaugen! Treu ergeben bei Emma, schelmisch provozierend bei Joy. Das Herrchen nennt Joy nicht mehr die Arme, aber Ratzinger. „Genauso einen Blick hat unser Papst a. D. gehabt", meint er. Ein bisschen allwissend, ein bisschen hinterlistig.

Wenn die beiden Vierbeiner ihren Herrchen oder Frauchen ihre Liebe zeigen, kann es fast lebensgefährlich werden. Sie stürmen auf ihre Lieblinge zu, springen an ihnen hoch und falls einer der Auserwählten seine Balance verliert, ist es umso besser, denn dann kann man die feuchten Küsschen noch bequemer verteilen. Ich weiß, dass Hundekenner diese Vermenschlichung verdammen, aber irgendwie kann man denen auch nicht alles glauben. Am wenigsten haben diese Zuneigungsbeweise Erfolg bei unseren Enkeln. Die Kleinen schreien wie am Spieß, wenn sie die Reißzähne im Liebeslächeln der Hunde erblicken.

Emma čmuchá, čmuchá a nenapadne ji hrnečky převrátit. I v každodenním „hledej, hledej" není pro Joy žádnou konkurencí. Ovšem hledat pochutinku zabalenou v dece, oblíbenou hru Joy, která za několik vteřin deku rozbalí a už si pochutnává, ovládá Emma rychleji. Ale na jiný způsob. V polovičním čase prostě do deky vyhryže díru a je to. Vůžas (vůbec žádné sraní).

Teď jsem dopsala a jdu si nalít skleničku. Emička spinká u dveří. Za hodinku si ji přijde vyzvednout páníček nebo panička a ona to VÍ. Jinak chrupká na pohovce. Ratzinger ihned otevře jedno oko a zkontroluje situaci ve Vatikánu.

Tak to je ten PSÍ ŽIVOT!

Interessanterweise ahmen die Kinder unsere Hunde nach, wenn diese nicht mehr in der Nähe sind. Wir müssen sie an der Leine führen, sie „schlafen" im Hundekörbchen, und spielen leidenschaftlich gerne Suchspiele. Allerdings mit einer Ausnahme: statt stinkendem Pansen suchen die Kinder Kekse. Diese Versteckspiele lösen unsere Hunde auf verschiedene Weise: Joy als Stöberhund erschnüffelt die Leckerlis ganz schnell und findet sie im Nu, Emma sucht langsamer und eleganter. Der ausschlaggebende Unterschied zwischen den Rassen zeigt sich, wenn das Leckerli in eine Decke eingewickelt wird. Joy wickelt in ein paar Sekunden die Decke auf, um zum Leckerli zu gelangen, Emma lokalisiert den Leckerbissen sofort und beißt kurzerhand ein Loch in die Decke. Beide sind gleich schnell, ich habe die erforderliche Zeit nachgemessen. Na ja, für manche sieht die gelöcherte Decke nicht so schön aus.

Gerade habe ich diese Geschichte zu Ende geschrieben und gehe in die Küche, um mir ein Glas Wein einzugießen. Emma schläft an der Tür. Sie wird gleich von ihrem Herrchen abgeholt und weiß es intuitiv. Sonst macht sie es sich nämlich auf dem Sofa bequem. Ratzinger macht ein Auge auf, um die Situation im Vatikan zu kontrollieren, findet alles zufriedenstellend und schläft weiter.

Und das ist das „traurige" Hundeleben!

Marcellova Sardinie

Sardinii není možné srovnávat ani s Kanárskými ostrovy ani s Baleárami, i Korsika a Elba jsou jiné a Sicílie se liší ve všech parametrech. Za ten tajuplný a zvláštní vzhled mohou odtržené, volně se válející kusy žulových skalisek, malebně pohozené v nízké specifické zeleni, podobně jako na ostrůvku La Digue, který patří k Seychellám. Ta flóra je samý čilimník, jalovec, jahodový strom, zakrslá lípa, divoká pistácie, toto vše jen keřovitého vzrůstu a pod nimi a vedle nich nižší, voňavé bylinky – rozmarýn, myrta, vlčí mléko mezi vřesem. Tyto všechny rostliny zná náš průvodce Marcello jak své boty, navíc je umí pojmenovat i latinsky a zařadit do příslušného řádu i třídy. A nejen rostliny, ale i všechny zvláštní ptáky ostrova. Náš Marcello je pravý Sardiňan, pocházející z typické vesnice tohoto ostrova. Už v jeho raném dětství pro něj matky a tety vybraly jednu vzdálenou sestřenici za budoucí manželku. Kdyby se náš Marcello nevzbouřil proti tomuto tradičnímu diktátu a nešel studovat do Říma, byli bychom ochuzeni o známost s tímto svérázných domorodcem. V Římě se Marcello nejen vzdělal v biologii a jazycích, ale naučil se i Římany nenávidět.

Marcellos Sardinien

Sardinien kann man mit keiner der Kanarischen Inseln vergleichen, auch Elba und Korsika und besonders Sizilien sind ganz anders. Es sind die Granitfelsen und die losgelösten Steine sowie die Flora, die die Insel so einmalig und geheimnisvoll machen. Ähnliche Granitformationen haben wir nur auf „La Digue" auf den Seychellen gesehen. Sattes Grün bilden Büsche, wie Wacholder, Ginster, Erdbeerbäume, Steinlinden, Wilde Pistazie, und Kräuter, insbesondere Myrte, Rosmarin und Wolfsmilch zwischen Heidekraut. Bei all diesen Pflanzen kann unser lokale Fremdenführer Marcello den lateinischen Namen, die Art und Klasse benennen, ebenso bei den seltenen Vogelarten. Unser Marcello ist ein waschechter Sarde, er stammt aus einem typischen sardinischen Dorf, wo vor vielen Jahren eine Cousine für ihn bestimmt war. Wenn er sich damals den Wünschen der Mütter und Tanten gebeugt hätte, wäre Marcello nicht nach Rom gegangen, um zu studieren und wir hätten ihn nie kennen gelernt. In Rom hat Marcello viel gelernt, auch seinen Hass auf die Römer.

Tedy ne doopravdy, jen jejich zvyk odhazovat na jeho milovaném ostrově odpadky, v hotelích si zamluvit ty nejlacinější pokoje s výhledem do dvora a potom si arogantně vydobýt ty nejkrásnější komnaty s pohledem na moře, aniž by připlatili jediné euro. Prostě na typicky římský drzý způsob. Římskou mentalitu poznal Marcello i díky delší známosti s jednou Římankou. Ta známost byla natolik hluboká, že se Marcello zděsil, ze vztahu vycouval a navrátil se do své rodné vísky sám a svobodný. Zaslíbená sestřenice byla ale už dávno vdaná za jiného a obklopená několika bambiny.

Římanka se ale po letech znovu ozvala. Prý: Marcello, jsem zrovna na Sardinii, mohu tě navštívit? Tak jí ten naiva prozradil adresu a pozval ji na jedno espresso, že si zavzpomínají na staré studentské časy. A ona se objevila se svou tetou a četnými kufry, uhnízdily se v jeho domě na celý týden, snědly a vypily jeho veškeré zásoby, a když byla spíž prázdná, tak se konečně odporoučely. Typické římské chovaní, stěžoval si nám ten chudáček.

Sardinské vesnice byly ještě v šedesátých letech odtržené od ostatní civilizace, byl to svět sám pro sebe, kde hlavní slovo měla rada starších a veškeré spory soudil místní farář. Faráři vlastní do dneška nejvíce půdy, neboť pozemky jim byly placeny soudní poplatky. Navíc byli vrchními strážci veškeré morálky.

Also er hasst sie nicht wirklich, nur ihre Art, überall auf seiner Insel die Abfälle fallen zu lassen, im Hotel die billigsten Zimmer mit Straßenblick zu buchen und es dann ohne eine Zuzahlung zu schaffen, die besten Zimmer mit Meerblick zu bekommen. Halt auf die freche römische Art. Er hatte auch eine römische Freundin, es wurde aber nichts aus der Beziehung, als Marcello in sein elterliches Haus eingezogen war. Neulich hat sie sich bei ihm nach langer Zeit gemeldet: „Marcello, ich bin auf Sardinien, darf ich dich besuchen?". „Na ja, warum denn nicht, komm, wir trinken einen Espresso und plaudern über die alten Zeiten." „Sie erschien mit einer Tante und beide Damen blieben eine Woche." „Sie haben mir die ganze Speisekammer leer gegessen und sind dann erst gegangen", klagte der Arme. Typisch Römer!

Noch in den sechziger Jahren waren die Dörfer ziemlich abgeschieden, eine Welt für sich, wo die Ältesten das Sagen hatten und wo Auseinandersetzungen und Streitigkeiten vom Pfarrer geschlichtet wurden. Der Priester besaß die meisten Ländereien, weil mit dem Land bezahlt wurde. Er wachte auch über die Moral.

Každá těhotná svobodná dívka byla donucena ostříhat si nakrátko vlasy, aby bylo všem vesničanům jasné, čeho se dopustila. Svůdce z toho vyšel neposkvrněn, dívka byla ale odepsaná. Církev také prověřovala příbuzenský vztah kandidátů manželského svazku. Incest byl přísně zakázán, maximálně byl povolován sňatek mezi bratrancem a sestřenicí. Pod tímto oficiálním prahem vládla vesnici ještě věštkyně. Marcello byl k věštbám dlouho skeptický, až do jedné jasnozřivé příhody, které byl očitým svědkem. Z vísky zmizeli za mystických okolností dva voli. Všichni muži prohledávali marně znovu a znovu celé okolí, až jim nezbylo nic jiného, než se obrátit na jasnovidku.

„Ti jsou přece v jedné jeskyni, nad jejímž vchodem se sklánějí dvě zakrslé lípy." Ó, kolem těch jsme už všichni procházeli, vzpomínali hledající. A skutečně! Pod převislými větvemi byl skryt vchod do prostorné jeskyně, uvnitř oba pohřešovaní volové. Od této příhody má Marcello velký respekt před vesnickou vědmou.

Sardinská vesnice řešila a prý ještě řeší svérázně po svém i euthanázii. Bylinářka pomůže umírajícím rychle, levně a decentně. Stačí polštář, u těžších případů váleček na nudle. I léčení nemocných leží v jejích zkušených rukou. Sice doufám, že dnes vyhledávají pacienti i vystudované lékaře, ale moc jistá si nejsem.

So zwang er jede ledige schwangere Frau, sich ihre Haare anders zu kämmen, damit sie von allen bloß gestellt wurde. Ihr Leben war praktisch verwirkt. Ebenso wachte die Kirche über den Verwandtschaftsgrad der Heiratskandidaten, Inzestheirat wurde nicht erlaubt, höchstens Cousin und Cousine. Unter dieser offiziellen Schwelle regiert noch eine Wahrsagerin im Dorf. Marcello war sehr skeptisch, erzählt er auf seine langsame Art, in sehr gutem Deutsch. Einmal, so erzählte er, waren auf eine mysteriöse Art zwei Ochsen verschwunden. Die Männer durchsuchten die ganze Gegend, immer wieder, doch ohne Ergebnis. Die Hellseherin hatte dann eine Eingebung: „Die sind in einer Höhle, unter zwei hängenden Steinlinden." Die Einwohner kannten diesen Ort, liefen hin und fanden die gestohlenen Ochsen. Und Marcello war sprachlos. Ein sardinisches Dorf regelt alles unter sich, sogar die Sterbehilfe. Die Frau, die diese Dienste leistet, arbeitet schnell, preisgünstig und im Verborgenen. Sie braucht nur ein Kissen oder ein Nudelholz bei schwierigeren Fällen - und die Sache ist erledigt! Die Heilung von Krankheiten liegt in den Händen einer Kräuterfrau. Heutzutage geht man auf Sardinien, so hoffe ich, auch zum Schulmediziner. Wir haben allerdings keine einzige Arztpraxis gesichtet...

Neviděli jsme ani jednu jedinou lékařskou praxi. Naštěstí není nenáviděný Řím tak daleko…

K životu na Sardinii patřili i banditi. Jejich řádění bylo obyvatelstvem trpěno až do dramatického únosu dítěte z rodiny Aga Khan v sedmdesátých letech. To byla pro Sardiňany už hranice, i postavili se proti banditům jako hradba a od té doby panuje klid.

Charismatický princ Karim založil totiž v roce 1962 spolek Consorcio Costa Smeralda. Spolek odkoupil od majitele bažinaté pobřeží. Consorcio nabídlo cenu jedné miliardy lir. To se majiteli nezdálo. Žádal raději milióny. Nakonec byl spokojen s osmi sty milióny lir, zdálo se mu to o hodně víc, než JEDNA miliarda. Načež byla bažina i s moskyty vysušena a problém s malárií tak byl navždy vyřešen k velké radosti obyvatel. Krásná zátoka se smaragdově zelenou vodou se vyloupla jako drahokam z močálů. Kolem té nádhery byl založen přístav Port Cervo, což je umělá až umělecká osada s několika super snobskými hotely a četnými letními sídly všech prominentů světa.

Lange Zeit war Sardinien für die Fremden ein unsicheres Land, die sardinischen Banditen waren unberechenbar mit ihren Entführungen und ihr Treiben wurde von den Sarden geduldet. Dies hielt so lange an, bis sie ein Kind aus der Familie Aga Khan entführt haben. Das war für die Bewohner dann doch zu viel. Alle haben sich wie eine Mauer gegen die Banditen gestellt. Seitdem herrscht Ruhe. Der Prinz Karim, von den ismailitischen Nizariten gründete im Jahr 1962 eine Vereinigung, die „Consorzio Costa Smeralda". Sie kauften dem Besitzer die sumpfige Küste mit smaragdgrünem Wasser in der Bucht ab, wollten ihm eine Milliarde Lira zahlen, er wollte aber lieber Millionen – er dachte, die wären mehr wert. EINE Milliarde kam ihm zu verdächtig vor. Mit 800 Millionen war er schließlich zufrieden. Das klang schon nach etwas. Der Sumpf wurde trocken gelegt, Malaria besiegt und um die schöne Bucht in Port Cervo wurde eine künstliche Siedlung mit zwei berühmten Hotels erbaut. Drum herum entstanden viele schöne Ferienhäuser für die Prominenz, aber zum Glück passend zum Landesstil, ganz unauffällig und fast versteckt im Grünen.

Všechny stavby jsou z přírodního pískovce, co je vyzděné, to je pomalované v terracota tónu, jakoby ošlehané mořskými větry. Čím víc to působí zvětrale, tím je to dražší.

Naštěstí je veškerá výstavba ve stylu tradičních domků, vše je skryto v křovinách, včetně nejdražšího disca světa patřícího Heidi Klum a Naomi Campbell. I brány zapadají do místní flóry, jsou umně vyřezány z jalovcového dřeva, jedna branka za minimálně 30 000 eur. Sardiňané, včetně Marcella, mohou s tímto aranžmá žít, a to nejen z estetického, ale i existenčního hlediska. Costa Smeralda a sousední skromnější Azachema garantují příjem z obchodních vztahů a vůbec služeb všeho druhu. Jediné, co mi zvedlo mandle, je krásné sídlo na hřebeni rámujícího pohoří s nejnádhernějším výhledem na zátoku, z kterého vykukují jen věžičky z ochranné zdi. Bil Gates, ten si ho alespoň zasloužil. Ale proč tu krásu prodal Putinovi?

Náš hotýlek v Azachemě leží také v zátoce s modrozelenou vodou. Všechny pavilóny jsou maximálně jednopatrové a ve stylu Sardinie. Nádhera!

Otravovala jsem Marcella jak čtvrtodenní zimnice, že chci bezpodmínečně vidět jeho rodnou vesnici nebo alespoň nějakou hodně podobnou. Tak nás zavezl k Nuraghe la Prigiona. To je předloha jeho vísky z doby bronzové.

Die Häuser bestanden aus Granitstein mit Mauerwerk, terracotafarben bemalt, je verwitterte die aussahen, desto besser und teurer. Die Eingangstore waren aus Wachholder Holz, sehr schön und passend für die Gegend, ein Tor war 30.000€ wert. Das Einzige, was mich ärgert, ist die Neuigkeit, dass Putin die schöne Anlage mit den kleinen Türmchen von Bill Gates abgekauft hat. Diese reichen, ehemaligen KGB Russen gehen mir persönlich ziemlich auf die Nerven, weil ich im ehemaligen Ostblock aufgewachsen bin.

Sogar die Discos der Prominenten wie von Heidy Klum und Naomi Campbell sind im Grünen oder im Felsen versteckt. Damit kann ich gut leben. Marcello auch und das ist wichtiger. Schließlich sind das keine Römer! Für die Sarden bringt es ein hohes Aufkommen an Handels- -und Dienstleistungsbetrieben.

Unser Hotel zwischen Arzachena und Costa Smeralda war bescheidener, aber ebenfalls sehr schön an einer Bucht mit grünem und blauem Wasser gelegen. Ich wollte unbedingt Marcellos Dorf oder ein vergleichbares sehen, woraufhin uns Marcello zu „Nuraghe la Prigiona" geführt hat. Das ist die Vorlage seines Dorfes aus der Bronzezeit.

V jejím středu ční kulatá věž s několika komorami, dokonce i s prvním patrem. Kolem věže se tulí kulaté kamenité chatky. Na vyšším stupni vývoje byla horská vesnička Pantaleo, nádherně položená, s malými kamennými domky, už obdélníkovými, porostlými vistárií a vonnými bylinkami. Místo věže se ve středu tyčí kostel. V kostele se modlil starý Sardiňan se svým psem. Ti tam také smí. Jsou to také tvorové Boží. Rodnou vísku Marcella jsme sice neviděli, ale zato se nám svěřil s jeho nejnovějším, rádoby milostným, dobrodružstvím.

Marcello je stále svobodný a představuje velkou výzvu pro tety a sestřenice. Sestřenice jsou sice už léta vdané, ale svobodný bratranec jim leží na srdci. Sice není už nejmladší, ale ještě dost zachovalý, s černýma očima, s uhlově černými, sice na temeni už mírně prořídlými vlasy, s bronzovou pletí a s malým bříškem. Jako většina Italů není ani Marcello moc vysoký. Před očima své starostlivé sestřenice trefil Marcello jednu krasavici míčem do hlavy. Tisíckrát se jí omluvil a záležitost byla pro něho odbytá. Ne tak pro sestřenici. „Co je, tobě se nelíbí?" vyzvídala. Tak Marcello se přiznal, že ano, že se mu líbí. „No tak ji musíš oslovit, pozvat na večeři!" hučela do něho sestřenice. Marcello se nechal přesvědčit a krasavice kupodivu přijala pozvání na večeři v jeho domě. Celá rozsáhlá rodina se zúčastnila úklidu zanedbaného sídla.

In der Mitte windet sich ein Turm mit mehreren Kammern in die Höhe, drum herum schmiegen sich kleine runde Hütten. Eine höhere Entwicklungsstufe war das Bergdorf Pantaleo, sehr schön gelegen, kleine Häuschen mit Kräutern und Glyzinien bewachsen, in der Mitte die Kirche. In der Kirche betete ein Sarde mit seinem Hund, für die Sarden auch ein Gotteswesen.

Nun noch die Geschichte mit der nächsten Flamme von Marcello. Er ist inzwischen eine große Herausforderung für alle Cousinen, die ihn verheiraten möchten. Die Guten sind selber längst sesshaft, mit mehreren „Bambini", jetzt kümmern sie sich um ihren Vetter. Marcello ist zwar kein Jüngling, aber er hat noch frisches, ein bisschen schütteres, kohlschwarzes Haar, dunkle Augen, seine Haut ist bronzefarben und trotz seines Bauchansatz mach er noch eine gute Figur. Am Strand hat er eine Schönheit aus Versehen mit dem Ball getroffen. Natürlich hat er sich wortreich entschuldigt und das war's für ihn…. Aber nicht für die Cousine: „Gefällt sie dir?", „Ja!", „Dann musst du sie ansprechen und sie zum Essen einladen". Marcello gab nach, und die Schöne hat die Einladung angenommen, sogar in sein Haus. Die ganze Familie wurde zusammen getrommelt und das Haus wurde auf Vordermann gebracht. Marcello gab zu, dass er schon lange Zeit kein so sauberes Haus vorführen konnte.

Marcello už dlouho svůj dům tak čistý a voňavý nezažil. Večer uvařil vlastnoručně pastu, k tomu zakoupil vino rosso za 20 euro, dokonce se nechal sestřenicí strhnout i ke koupi dvou voňavých svíček, jedné s vůní opia, druhé s vůní pižma. Večeře i víno slavily absolutní úspěch, svíčky byly vypálené sotva do půlky, když se krasavice náhle zvedla, poděkovala za příjemný podvečer, ale teď že už opravdu musí odkvačit na rande se svým přítelem.

Marcello ještě stále svíčky kontroluje, vůně je ještě v pořádku, takže atmosféra je zajištěná, pokud by některá žena Marcella chtěla navštívit.

I když se Marcellovi nedá vše věřit a pravděpodobně má doma pár vzrostlých bambini, tak jeho způsob jak nám přiblížit Sardinii, včetně jejích obyvatel, byl originální a nezapomenutelný.

Na závěr ještě o vzniku ostrova v jeho podání. Když Bůh stvořil tu krásnou holínku Itálie, tak mu upadl kousek zeminy. Tak ten žďibec rozšlápl – a vznikla Sardinie. Pak se přihnali Římané a ty okraje rozdupali.

S původem Sardiňanů se Marcello moc nepyšnil. DNA analýza prokázala, že mají arabské geny. „Tak jsme holt takoví Palestinci Itálie," povzdechl si Marcello.

Er hat Spaghetti gekocht, Rotwein für 20€ geopfert, sogar zwei Duftkerzen (Befehl der Cousine!) besorgt. Eine mit Vanille-, die andere mit Opiumduft. Das Abendessen war ein Erfolg - der Wein auch. Die Kerzen sind nur zur Hälfte abgebrannt, dann ist die Schöne aufgestanden, hat sich für den netten Abend bedankt und ist zu einer Verabredung verschwunden. Marcello kontrolliert die Kerzen regelmäßig, sie duften noch sehr gut, besonders diejenige mit Opiumduft. Die wird noch gute Dienste leisten, falls eine neue Kandidatin Marcello besuchen möchte.

Ehrlich gesagt glaube ich das nicht alles. Vielleicht hat Marcello längst ein paar „Bambini", aber seine Art uns Sardinien näher zu bringen war einfach köstlich. Marcello, danke, weiter so und viel Erfolg!

Zum Schluss noch Marcellos Interpretation über den Ursprung der Insel Sardinien: Der liebe Gott war gerade mit den Ozeanen fertig, formte den schönen Stiefel für Italien, als ihm plötzlich ein Klecks Erde herunterfiel. Er zertrat ihn – und Sardinien wurde geboren. Und dann kamen noch die Römer und zertrampelten die Ränder.

Auf den Ursprung der Sarden ist Marcello nicht gerade stolz. Die DNA-Analyse ergab, dass die Sarden arabische Gene haben. „Na ja, wir sind eben so eine Art italienischer Palästinenser.

Afektivní záchvaty našeho vnoučka

Tyto záchvaty jsou podobné tisícům jiných u všech dětí. Zajímavé je, že to člověk u vlastních dětí, podobně jako porodní bolesti, vytěsní a zapomene. Kluk nyní dosáhl věku pro postup z jeslí do školky. V jeslích jsem byla známa pouze jako babička, která peče štěnice. Vzniklo to ze slova lívance. To vnuk ještě neuměl vyslovit *lí* a zbyly *wanze*, což jsou německy štěnice. Nyní na mě ve školce hledí částečně šokovaně, dílem obdivně a trochu závistivě. Už totiž byla celá školka v krátké době konfrontována s Emilovými záchvaty. Vy jste ta babička, co ho namočila v rybníčku?!

Affektive Anfälle

Affektive Anfälle unseres Enkelkindes gleichen den Tausenden anderen Wutanfällen bei tausenden anderen Kindern. Interessant ist, dass man die Erinnerungen an diese Lebensphase der eigenen Kinder vergisst, oder unterdrückt, genauso wie die Geburtswehen. Mit den Enkelkindern erlebt man alles intensiver, bewusster, die Wutanfälle eingeschlossen.

Als unser Enkel Emil mit drei Jahren das Alter für den RICHTIGEN KG erreicht hat, kamen auch die Affektiven Anfälle. In der Kita war er noch ein niedliches Kleinkind, und ich war dort als die Wanzenoma bekannt. Damals konnte er noch nicht „li" aussprechen und daher sind aus den guten Hefepfannkuchen, die tschechisch „livance" heißen, Wanzen übrig geblieben. Emil schilderte in der Kita welche gute Wanze die Oma backen kann. Die Erzieher im neuen Kindergarten waren aber bald mit dem erwachten willensstarken Jungen konfrontiert, der, wenn er sich nicht durchsetzen durfte, mit den Wutanfällen reagierte. Genauso war auch die Familie betroffen. Bald wurde ich dort teilweise mit neidischen, fast ehrenwürdigen, teilweise mit schockierten Blicken beobachtet. „Sind sie die Oma, die Emil in einen Teich untertauchte?", wurde immer wieder gefragt.

Ohoho! Do teď roztomilý chlapeček objevil prosazování své svobodné vůle. Na chatě se to projevilo jednou ráno kolem sedmé. Sestra v hlubokém spánku, matka v zaslouženém odpočinku po těžkých službách a chlapeček si po probuzení přál se všemi povídat a hrát. Můj syn David, jeho táta, zaslechl s úlevou dole v chalupě známky života. Oni totiž důchodci, zbavení diktátu budíka, stejně vstávají po sedmé hodině. Tak popadl syna a dopravil ho k babičce a dědečkovi řvoucího: „Já si chci hrát s Carlottou a s mámou!" Táta se rychle odklidil a ponechal synáčka u prarodičů. Kluk nepřestával vyřvávat, až se vystupňoval skoro k nedýchání. Tak jsem ho popadla, zlomila jeho svobodnou vůli, která si žádala všechny spící vzbudit, a vyvlekla jsem ho na louku. Pachole řvalo dál a ještě více. Rozumné argumenty nevnímal. Tak jsem ho dotáhla až k našemu rybníčku. Řvoucí dítě jsem ponořila, bylo při tom vedru nahaté, do vody. Efekt této terapie mně samotnou překvapil. Byl okamžitý. Z protivného pacholka se okamžitě stal roztomilý andílek k zulíbání. Úsměv od ucha k uchu a prý: „Babičko, co teď budeme dělat?"

Es geschah im Sommer morgens gegen sieben Uhr in unserem Ferienhaus. Emil, als Frühaufsteher, verlangte nach sofortiger Aufmerksamkeit seiner Familie. Aber seine Schwester, werdendes Schulkind, seine Mama und Papa wollten endlich ausschlafen. Unser Sohn, sein Papa, nahm mit gro3er Dankbarkeit wahr, dass unten im Haus schon mit dem Geschirr geklappert wurde und beförderte kurzer Hand seinen Sohn zu den schon wachen Großeltern, um sich schnell wieder in sein Bett einzukuscheln. „Nein, nein", schrie der Kleine „ich will mit Carlotta spielen, mit meiner Mama schmusen!" Je länger wir ihm versucht haben zu erklären, das die beiden noch schlafen wollen und die Ruhe brauchen, desto mehr schrie er bis zur Atemnot. Dann habe ich, böse Oma, seinen freien Willen gebrochen, ihn raus auf die Wiese getragen, wo er das Geschrei fortgesetzt hat und nach der Luft japste. Um dem Anfall ein Ende zu setzen schleppte ich ihn zum Teichchen, und wie er war, in der Sommerhitze nackt, in das kühle Wasser untertaucht. Die Wirksamkeit der Therapie überraschte mich selbst. Das Kind verwandelte sich im Nu in ein lächelndes Engelchen und fragte friedlich: Oma, was werden wir jetzt machen?

Byla to poněkud drastičtější metoda našeho pana primáře. Ten radil jen postříkat studenou vodou a posadit holou zadnicí na studené dlaždičky. U našich dětí to stačilo, a pokud vím, i u většiny mé klientely. Ale říkám vám, není nad RYBNÍČEK. Druhá snacha, sama vychovatelka ve školce, používala metodu pevného obejmutí, až do odeznění záchvatu. Je to náročnější na kondici fyzickou i emoční. Trvá to rozhodně déle. Ale kratší dobu, než obvyklá léčba používaná v Německu. Dítě se vykáže do jeho pokojíčku. Tam řve průměrně dvě hodiny, než se uklidní. Spirála afektu se má přerušit šokem a ne vyčerpáním. Hodně drsných rodičů nevydrží a dítě zmlátí. To není dobré. Potomek sice přestane, ale ze strachu, charakter se pokřiví a nenávist k trestajícímu rodiči roste.

Syn mu teď už strčí jen hlavu pod kohoutek se studenou vodou. Když to nepomůže, pomůže rozhodně hrozba studené sprchy.

Zato v rukou naší snachy moje metoda zcela selhala. Líčila nám barvitě, jak řádícího Emila popadla a strčila pod sprchu do vany. Kluk řval dál, šplhal po stěnách, klouzal dolů, přičemž se vždy praštil do hlavy, což řev ještě vystupňovalo. Manžel ihned správně odhadl situaci: „Byla ta voda opravdu studená?!"

„No spíš vlažná, tedy vlastně teplá." Přiznala se bez mučení neúspěšná vychovatelka. Na studenou neměla ani nervy, ani srdce.

Es war ein bisschen drastischere Ausführung der erfolgreichen Behandlungsmethode von unserem ehemaligen Chefarzt. Er riet nur zum Besprizten des japsenden Kindes mit kaltem Wasser und zum Hinsetzen mit nacktem Po auf die kalten Fliesen. Bei der Mehrheit reicht es. Aber unter uns – das Teichchen ist besser! Unsere andere Schwiegertochter, die vom Beruf Kindergartenerzieherin ist, verwendete Methode „feste Umarmung", bis sich ihre Tochter beruhigte. Es ist eine sehr erfolgreiche Methode, aber anspruchsvolle auf physische und emotionelle Kondition. Es dauert deutlich länger. Nicht so lange, wie die übliche deutsche Behandlung. Das Kind in das Kinderzimmer verbannen, bis es wieder ruhig und lieb ist. Das Kind zwei drei Stunden schreien zu lassen finde ich gar nicht gut. Die Affektspirale soll man mit einem Schock unterbrechen, nicht mit der Erschöpfung. Manche von den labilen und härteren Eltern halten das nicht aus und beenden den Anfall mit einer Prügel. Das ist ganz schlecht. Der Nachkomme hört zwar auf, die Angst vor den Schlägen ist stärker, als die Frust, sich nicht durchsetzen dürfen, aber es schädigt dem Charakter und ernährt den Hass auf den prügelnden Elternteil.

Bei den folgenden Wutanfällen steckte mein Sohn den Kindeskopf unter den Wasserhahn mit kaltem Wasser, Erfolg meistens gewährleistet, sonst bleibt noch Drohen mit Kaltduschen.

Díky Bohu netrvá tato fáze vzdoru dlouho. Také u Emila je konec s afektivními záchvaty. „Škoda", komentoval to Emil po pár měsících „ráno v rybníčku to bylo prima."

Vida, chce to jen odvahu!

Hrozbu studené sprchy už jsem také vyzkoušela. Stalo se totiž toto: Kluk, zabrán do hry na lokomotivě, stihl v poslední chvíli skočit do křovisek, ale bohužel část exkrementů trefila i jeho nohu. Maminka se s ním večer mazlí, ale puch ji přece jen ruší. Emile, musím tě osprchovat. REV. Néééé, chci se mazlit a ne sprchovat. Matka je znejistělá, nabízím pomoc protřelé babičky. Tak jo, já přinesu se shora čisté věci na spaní, praví s ulehčením matka. Dítě se ve spr̃še svíjí jak had, řve jako tur, až nezbude nic jiného, než studená sprcha.

A ejhle! Andílek je opět narozen. Čistý a vonící si užívá matčinu náruč…

Jen má dcera, absolventka studia Erziehungswisenschaften - Vědy o výchově se opovržlivě ušklíbá. Takové zastaralé metody! Přímo předpotopní. Sama nemá ještě žádné děti. No tak si počkáme…

Dazu musste ich auch schon greifen. Der Rabauke war so ins Spiel auf der Lokomotive vertieft, bis es zu spät war, auf die Toilette zu laufen, es reichte noch ins Gebüsch. Das Beinchen hat auch etwas von der Ladung abgekriegt. Seine Mama kuschelt dann mit dem Liebchen, der Gestank stört doch die Mußestunde. „Also Emil, du stinkst, du musst unter die Dusche" erlaubte sie sich zu sagen. Und Schluss war mit dem Liebsein. Es folgte Geschrei bis in die Spirale. Dann habe ich der verunsicherten Mutti die Hilfe der abgehärteten Oma angeboten. Meine Schwiegertochter begrüßte die Lösung und eilte für die sauberen Anziehsachen. Das wütende Kind windelte sich halsbrecherisch unter der warmen Wasserstrahlen, reagierte gar nicht auf beruhigende Ansprache – dann wurde schnell umgeschaltet, eine Sekunde kaltes Wasser brachte Wunder- unter der Dusche stand das süße Kind! Sauber, duftend und zufrieden genoss er die Neuumarmung seiner guten Mama. Die Oma wurde schief angeschaut, aber nicht so lange, dass man damit nicht leben könnte.

Beim nächsten Anfall versuchte die Schwiegertochter die gleiche Methode anzuwenden. Sie schilderte uns das Scheitern. Emil schrie immerfort, versuchte aus der Badewanne zu klettern, bis er paar Mal hart aufschlug, es hat nicht geholfen, beide waren ganz erschöpft.

Mein Mann hat die Situation sofort erfasst: War das Wasser wirklich kalt? „Ja, na ja, lauwarm, fast warm" gab die Mama zu. „Sonst würde mir das mein Herz brechen."

Unsere Tochter, die das Studium Erziehungswissenschaften absolviert hat, äußert sich mit großem Despekt. Sie sagt dazu: Solche altmodischen, unmöglichen, obsolete Methoden!

Wir warten ab. Sie hat noch kein Kind...

Gott sei Dank, dauert die Phase nicht lange. Auch bei Emil ist es vorbei mit den Affektiven Anfällen. „Schade", sagt er nach ein paar Monaten. „Es war schön im Teichchen." Na also! Nur Mut!

Virtuální vyšetření

Všichni známí a přátelé už mají za sebou dávno alespoň koloskopii. Také moje gynekoložka a „domácí lékař" se neustále vyptávají, zdali už jsem toto vyšetření absolvovala. Nejvíc mě nakoplo, když jeden přítel zemřel na rakovinu tlustého střeva. A rozhodla jsem se, že když už to mám podstoupit, tak si nechám vyšetřit rovnou celý zažívací trakt a to moderní metodou CT (computertomograficky) virtuelně a tedy BEZBOLESTNĚ. Mučení začíná už doporučenou dietou nejlépe dva dny před CT.

Tak na to jsem se posilnila u našeho Řeka gyrosem, jehněčími kotletkami, hranolky bohatě zdobené tzaziky k tomu pár skleniček domestica, dobrého řeckého vínka a na vytrávení ouzo mě smířilo se suchary, vejci na tvrdo a s několika plátky šunky den před dnem D. To jsem si říkala, toho není tak škoda, když jsem večer popíjela laxativum s několika litříky vody bez bublinek. V noci to začalo. Kam se hrabe nějaký normální elegantní průjem. Toto byla úplavice kombinovaná s cholerou live, naštěstí bez teploty.

Virtuelle Untersuchung

Alle Freunde und Bekannte haben die Darmspiegelung vor sämtlichen Jahren absolviert und wundern sich, dass ich mich dazu noch nicht aufgerafft habe. Mein Hausarzt und meine Gynäkologin fragen auch ständig danach. Als dann noch ein guter Freund an dem verfluchten Darmkrebs verstorben ist, habe ich mich doch entschieden, hinzugehen. Aber wenn schon, denn schon – dann doch gleich das ganze Verdauungssystem untersuchen lassen mit der modernsten CT Methode - virtuell und schmerzfrei.

Zuerst habe ich mich bei unserem Griechen gestärkt mit Gyros, Lammkotletts, dazu Pommes reichlich garniert mit Zaziki. Ein paar Gläschen Domestica gekrönt mit Ouzo haben mich mit den hart gekochten Eiern mit Zwieback am Vortag des großen D-Day versöhnt. Die Eier mit Zwieback kann man mit leichtem Herzen opfern, dachte ich, als ich abends vor der Untersuchung das Abführmittel mit drei Liter Wasser ohne Kohlensäure schlucken musste. In der Nacht fing es an. Mit einem normalen Durchfall kann man die Darmorgie nicht vergleichen. Der ist zu elegant! Es war Ruhr und Cholera live, zum Glück ohne Fieber.

Když jsem konečně padla nad ránem do mrákot, tak mě čekalo jen povolené kafíčko bez mléka a bez cukru. Naštěstí svítilo slunce, les byl poprášený sněhem, tak jsem lítala se psy přírodou a zapomněla na hlad. V Hannoveru jsem se snažila rozptýlit atmosférou velkoměsta, v kavárně jsem u dalšího espressa přečetla denní tisk, navštívila ještě párkrát WC a už se přiblížila hodina H.

Konečně „na operačním stole" jsem se zaradovala, neboť roura v tomto moderním diagnostickém centru není roura, trpím totiž klaustrofobií, ale jen takový obloučpek s těmi zázračnými paprsky. Kolega se nejdříve informoval, zdali ze mne už odchází jen pramenitá voda. No, tak to ne, asi jako voda v posvátné řece Ganze, pravím. A nechcete tedy pro jistotu přijít zítra a ještě jednou projímadlo a jen pít vodičku? Tak to tedy ne, to už bych rozhodně nevydržela. Tak se smířil se špinavou Gangou a rozzářily se mu oči, když zjistil, že jsem jinak natolik zdravá, že do mě může narvat pořádnou dávku Buscopanu, který je normálně proti křečím, prostě až tak dávkovanou, že může zastavit veškerou peristaltiku a hezky si střevo připravit jako rukávek.

In den Morgenstunden fiel ich doch ins Koma. Nach dem Erwachen wartete auf mich nur eine Tasse Kaffee - schwarz. Zum Glück schien morgens die Sonne und der Spaziergang mit den vergnügten Hunden durch den verschneiten, funkelnden Wald hat mich den nagenden Hunger vergessen lassen. In Hannover hat mich die Großstadtatmosphäre abgelenkt von meinem Leiden, im Café habe ich noch bei einem Espresso die Zeitung gelesen, bis die Stunde geschlagen ist.

Endlich auf dem „Operationstisch" konnte ich mich freuen. In diesem modernen diagnostischen Zentrum ist CT in keiner Röhre, nur in einem harmlosen Bogen. Gott sei Dank, weil ich an Klaustrophobie leide. Der Kollege hat sich zuerst informiert, ob ich jetzt nur reines Wasser ausscheide. „Also, es erinnert mehr an Wasser im heiligen Fluss Ganges", erwidere ich wahrheitsgemäß. „Oh, wollen Sie doch nicht lieber den heutigen Abend noch mit dem Laxativum verbringen und morgen erscheinen?" fragte der auf Nummer sicher gehende Radiologe. Das lehnte ich ganz entsetzt ab. Noch einmal werde ich das Foltern nicht mehr aushalten! Dann gab er nach und versöhnte sich mit schmutzigem Wasser im Ganges. Funkelnde Augen bekam er, als er festgestellt hat, dass ich so weit gesund bin, dass er mich mit Megadosis Buscopan belasten darf, um meinen Darm lahm zu legen und jede Peristaltik zu beseitigen.

A aby to bylo ještě přehlednější, tak do mě nakonec nafoukal vzduch, na tom samém principu, jak zlí hoši dříve nafukovali žáby, ale u mě přestal těsně před tím prasknutím. Pak jsem se ještě musela jako tuleň v písku převracet z boku na bok, aby se vzduch pěkně rozmístil. Konečně se roura, tedy oblouk, dala do pohybu a přejela mě v poloze na zádech. Pak nastal problém s polohou na břiše, udržet na tom nafouklém balónu balanc nebylo jednoduché. Když nade mnou oblouk přejížděl, neměla jsem dýchat. Tedy se nadechnout a nevydechnout. Padesát sekund - vydržela jsem to, už dávno nekouřím. Když jsem to tomu kolegovi pyšně zahlásila, tak pravil: Ježišimarjá, to k tomu střevu vlastně nutné nebylo, spletl jsem si to s plícema. Myslím, že nulové otřásání orgány ani tomuto vyšetření neuškodilo. Navíc jsem byla pyšná na mou vitální kapacitu.

Po deseti minutách napětí se kolega zjevil s úsměvem Mony Lisy na tváři: Prima, technicky je vše v pořádku, vše krásně zobrazené.

„A jak to vypadá u mě uvnitř?" vyzvídám celá rozklepaná. „No to musím ještě podrobně vyhodnotit, za dva týdny dostanete nález," vykázal mě profík do patřičných mezí.

„Takový zkušený radiolog už musí vidět na první pohled, zdali tam je nějaká hrůza."

Um im Darm eine gute Sicht zu bekommen, musste er mich noch von hinten mit reichlich Luft auffüllen. Ungefähr so, wie böse Buben Frösche aufblasen, bis sie platzen. Genau vor diesem Gipfel hat mein Radiologe doch aufgehört zu pumpen. Danach musste ich mich noch wälzen, wie ein Walross im Sand, damit sich die Luft schön verteilen konnte. Endlich durfte der CT- Bogen über mich fahren. Mit der Rückenlage habe ich kein Problem gehabt. Problematisch war die Bauchlage. Auf dem aufgeblasenen Medizinball war es nicht leicht die Balance zu halten. Bei der Aufnahme sollte ich nicht atmen – 50 Sek. lang. „Gar nicht schwierig für mich, weil ich schon seit Jahren nicht mehr rauche," meldete ich stolz nach der Untersuchung. „Oh, um Gotteswillen, dass war eigentlich nicht nötig, ich habe es mit der Lungenuntersuchung verwechselt," entschuldigte sich mein Experte. Nicht so schlimm, kein Beben könnte der Darmuntersuchung auch nicht schaden, dachte ich.

Nach 10 Min. der Spannung erschien der Kollege mit einem Mona Lisa Lächeln auf seinen Lippen. „Es ist gut gelungen, man kann alles sehen" konstatierte er erleichtert.

„Und wie sieht es bei mir drinnen aus?" fragte ich neugierig. „Dazu brauche ich ein paar Stunden um genau zu schauen, nach zwei Tagen bekommen Sie den Befund" kriegte ich eine Abfuhr.

„No, žádný tumor tam není, tedy žádný velký," nechal se slyšet odborník, „ale máte pěkné žlučníkové kameny." Skoro jsem spadla z lehátka. Já KAMENY, vždyť nemám žádné potíže. No, teď už je budu mít, když to vím, a už si nikdy neužiju bezstarostně křupavou kůžičku na vypečené husičce s červeným zelím a s pivkem.

Po ulicích jsem se plížila jak sklopená kudlanka nábožná, všude mě píchal a tlačil ten vzduch. Z posledních sil jsem dojela domů, šup do teplé postele a hodinu ze mně unikalo tak 10litrů plynu pod tlakem dvou atmosfér, horem i dolem. Tedy cítěně.

Takže všem doporučuji virtuelní bezbolestné vyšetření trávicího traktu. Je to FAKT BEZVA, nezapomenutelný zážitek! Já se raduji, že mám na deset let pokoj a pak si nechám udělat klasickou koloskopii. Horší to být nemůže.

Ich bohrte aber nach: So ein erfahrener Radiologe sieht bestimmt auf den ersten Blick, was los ist.

Er ließ sich erweichen. "Na ja, kein Tumor, wenigstens kein großer. Aber eine Überraschung habe ich für Sie. Sie haben schöne Gallensteine." Ich fiel fast vom Tisch. Wie ist das möglich, ich habe doch keine Probleme damit. Ab jetzt werde ich nicht mehr sorglos die gebratene knusprige Gans genießen können. Aber so wichtig ist das auch nicht. Hauptsächlich FREIHEIT für zehn Jahre! Danach lasse ich mich aber lieber eine klassische Darmspiegelung machen.

Zum Bahnhof kroch ich wie eine Gottesanbeterin. Überall im Bauch druckte und zog die Luft. Mit übermenschlicher Beherrschung und Selbstverleumdung schaffte ich die Zugfahrt nach Hause. Dort fiel ich ins Bett und mindestens zwei Sunden lang entwichen unten und oben 10 Liter Luft aus meinem Darmtrakt, unter dem Druck von zwei Atmosphären. Also gefühlsmäßig.

Ich empfehle jedem diese moderne, teurere, SCHMERZFREIE virtuelle Untersuchung. Es ist ein unvergessliches Erlebnis!

Bagrista

Když byli naši kluci v předškolním věku, tak jim v hlavách strašily vláčky. Hlavně prostřední syn David trávil hodiny na nádražích. Nejvíc to tehdy odnesl manžel naší paní k dětem, který ho ráno u nás vyzvedával a cestou domů s ním musel dřepět celé dopoledne na nádraží.

Nejstarší Ríša měl na chalupě na půdě úplné železniční uzly a dodnes trpí, že mu s chalupou soudruzi zkonfiskovali i jeho vláčky.

Našeho vnuka nechávaly vláčky dlouho v klidu. Do jeho tří let dominoval jeho mozku BAGR a vůbec veškerá stavební technika. Své hranice v tomto oboru jsem dosáhla s buldozerem a dál už se nechytám. Po kom to má? Jeho děda se zabývá řemesly, jen pokud mu teče doslova do bot. Asi je po druhém dědovi. Ten je stavař.

Der Baggerfahrer

Unsere Söhne hatten im Vorschulalter nur die Eisenbahn im Kopf. Der jüngere, David, verbrachte unzählige Stunden ganz entzückt auf dem Bahnhof in der damaligen Tschechoslowakei. Am häufigsten war der Ehemann unserer Kinderfrau als Begleiter betroffen, der das Kind bei uns zu Hause morgens abholen musste und am Bahnhof vorbei zu der liebevollen Tagespflegerin brachte. Jeden Tag war er gezwungen an den Gleisen ausgiebige Pause machen. Zum Glück standen dort leere Bänke auf denen er verweilen konnte.

Der ältere Sohn Richard leidet heute mit 45 Jahren immer noch darunter, dass uns die Kommunisten mit unserem Ferienhaus auch seine ausgebaute Eisenbahn mit allen Bahnhöfen, Weichen und Brücken konfiszierten.

Unser Enkel blieb bis zu seinem dritten Geburtstag unbeeindruckt von der Eisenbahn. In seinem Kopf geisterte nur BAGGER und andere Baustellenfahrzeuge herum. Meine Grenze bei der Begriffserklärung erreiche ich mit dem Benennen der Planierraupe, die restlichen, komplizierten Fachausdrücke für Bagger & Co kann ich nicht einmal auf Tschechisch benennen und als Spielkamerad scheide ich aus. Uns bleibt schleierhaft, von wem er die entsprechenden Gene bekommen hat.

Takže místo na nádraží čučíme hodiny na stavbách. Hrdina našeho Emila je bagrista Ben, knížku o něm zná nazpaměť. Ten opravdový bagrista prováděl dnes na stavbě přesně to samé, co je v jeho literatuře popsané. Vybagroval označenou díru, zeminu naložil a odvážel na nedalekou hromadu. Kluk byl v sedmém nebi. Tak jsem toho bagristu oslovila a zeptala se, jestli se ke všemu nejmenuje také Ben, jako vnoučkův velký vzor.

„Kdepak," pravil mužným hlasem, „jmenuji se Josef". I zahleděl se do těch rozzářených dětských oček a suše prohodil: „Hele, choď raději delší dobu do školy a vyuč se něčemu jinému. Bagrista - to je na hovno." Dítě to nechápalo. Naštěstí. Rychle jsme vyklidili pole a odebrali se domů. Emil sedl na zahradě na svůj bagr, já ho musela strkat, jelikož ještě jeho dva a půletýma nohama nedosáhl na pedály, a jali jsme se nakládat kameny a vozit je na jinou hromadu.

Wir müssen uns also anstatt des Bahnhofes stundenlang die Baustellen anschauen. Dort bin ich als die Begleitperson noch geduldet. Der größte Held für unseren Emil ist der Baggerfahrer Ben. Das Buch über Ben und seinen Bagger beherrscht er einwandsfrei auswendig. Ein echter Baggerfahrer führte heute auf der Baustelle genau die gleichen Arbeitsgänge durch, wie sein Papierheld. Er hat die Erde aus einer gekennzeichneten Stelle ausgehoben und zu einem Haufen gefahren. Bis er mit dem Loch fertig war, mussten wir am Bauzaun stehen bleiben und ihn beobachten. Der Enkel flüsterte mir fasziniert mit offenem Mund ins Ohr: „Guck mal Oma, genau wie Ben im Buch. Ob dieser Baggerfahrer auch Ben heißt?" Dann musste ich doch fragen, ob er auch Ben heißt, wie sein Kollege im Lieblingsbuch. Und dass Emils größter Berufswunsch ist, Baggerfahrer zu werden, musste ich ihm auch mitteilen.

„Nein, mein Kleiner, ich heiße Josef" erwiderte der Mann mit seiner Bassstimme und schaute tief in die strahlenden Kinderaugen. „Und weißt du was? Gehe lieber ein paar Jahre länger in die Schule und lerne etwas anderes. Es ist ein Scheißjob, mein Lieber!" Die Tragweite dieser Ansprache hat der Junge, Gott sei Dank, noch nicht begriffen. Er hat gerade angefangen in den Kindergarten zu gehen.

Při vykládání se vnuk klátil přesně jako Josef a promlouval jeho mužným chraptivým hlasem. „A teď mám padla!" Jak tak zeširoka vykračoval, tak se kolem něj šířil podezřelý odér.

Tak jsem šla toho machra přebalit.

Beeindruckt von Josefs Ausdrucksweise und dem männlichem Gang ließ er sich in den heimischen Garten bugsieren, wo er sofort auf seinen Spielbagger gestiegen ist und begann die Ziersteine aufzuladen und zu einem Haufen zu fahren. Na ja, ehrlich gesagt, musste ich ihn anschieben, weil seine Beine noch nicht die Pedale erreicht haben. Als er mit der „Arbeit" fertig war, ging er breitbeinig wie Josef und sprach mit tiefer Stimme: „Jetzt habe ich Feierabend!" Hinter ihm wehte eine verdächtige Fahne.

Dann musste ich den jungen Macho trockenlegen.

Sexuální výchova

Za našich mladých let se žádná pořádná sexuální výchova nekonala. Ani doma, ani ve škole. Školní lékařka nám vysvětlila osobní hygienu a pohovořila i o masturbaci. Komentovala to jako ne zrovna zdraví prospěšnou činnost. To už byl obrovský pokrok vzhledem k 18. století, kdy byla onanie odsouzena církví jako strašlivý hřích způsobující strašlivé škody na zdraví. Se škodami na zdraví měli pravdu, neboť citliví a nábožní kluci sice podléhali naléhání přírody, ale trpěli potom takovými výčitkami svědomí, až z toho skutečně měli psychické poruchy. Když jsme se pokoušely samy se osvítit, tedy sestra, sestřenice a já, pomocí babiččina Domácího lékaře, tak jsme za to od naší povedené mamičky dostaly pár facek.

Mluvit o sexuálním zneužívání dětí se už vůbec nenosilo. Vzpomínám si, jak jsem asi jako čtyřletá holčička odmítala sedět na klíně jednoho malíře, kterého náš otec jako mecenáš podporoval a který k nám docházel na kafíčko. Seděl v rodinném kruhu u stolu a mluvilo se o umění, ale z jeho: „Pojď si, děvečko, ke mně sednout na klín," jsem časem dostávala hrůzu. Hrůzu, kterou jsem nedokázala odůvodnit a nechápajícím rodičům vysvětlit. Ale bylo v tom něco pro dítě DIVNÉHO. Jak tak najednou rychleji dýchal a houpal mně rytmicky na kolenou, prevít jeden, dokázal se přitom i bavit o malířství. Se zápalem! Moje sestra byla této zkušenosti ušetřena. Nosila ještě plínky.

Sexuelle Aufklärung

Während meiner Schulzeit war die Aufklärung sehr dürftig. Wir haben von einer Schulärztin viel über die persönliche Hygiene erfahren und außerdem etwas über Masturbation, aber dabei hieß es nur, dass sie der Gesundheit nicht förderlich wäre. Es war trotzdem schon ein Fortschritt, denn früher wurde die Onanie als schreckliche Sünde verrufen. Dadurch bewahrheitete sich die Drohung mit gesundheitlichen Schäden, weil die empfindlichen Sünder unter Gewissensbissen litten, die danach zu psychischen Störungen führten.

Meine Cousine, meine Schwester und ich, versuchten die Lücke in unserer Bildung mit dem Ratgeber „Hausarzt" zu beheben, was mit ein paar Kopfnüssen von meiner Mutter quittiert wurde.

Über sexuelle Misshandlung wurde gar nicht gesprochen. Ich erinnere mich, wie ich mich als vierjähriges Mädchen gewehrt hatte, auf dem Schoß eines Malers zu sitzen, der oft zu uns zum Kaffeekränzchen kam. Ich konnte meine Panik und das seltsame Gefühl nicht erklären und meine Eltern wunderten sich: „Der ist doch so lieb und bringt euch schöne Geschenke." Der heimliche Pädophile schaukelte mich auf seinem Schoß, atmete dabei schnell und schaffte er es trotzdem noch über die Malerei zu sprechen.

I když se stále snažil mě při dalších návštěvách nalákat na klín, už se mu to nedařilo a šíleným řevem jsem si vydobyla osvobození. Rodiče na to koukali jak blázni a i po létech, když jsem to s mamičkou probírala, tak tvrdila, že nic nezpozorovali. Pederasti jsou mazaní!

Později jsem z této zkušenosti těžila při osvětě jak dětí, tak dospělých. Pokud dítě cítí, že je něco DIVNÉ, je radno jeho pocit respektovat, i když vysvětlit to ještě neumí, neboť tomu nerozumí. Úchyla pěkně kopnout do zadku, i když je to trenér, vychovatel, učitel nebo kněz. U teenagerů je už opatrnost na místě. Ti už VĚDÍ, a případů, kdy se mazané slečny mstí učiteli za špatné známky je, statisticky viděno, víc, než skutečného zneužívání.

V dnešní době mají školáci sexuální výchovu v 7. třídě. Sama jsem ji léta prováděla, a děti se mohly u mě po přednášce zeptat písemně a anonymně na všechno, co jim není jasné nebo co je zajímá. A většina těch dětí není zdaleka tak zkušená a otrlá, jak se mezi sebou předvádějí a jaká je jejich pověst. Dotazy: Mohu otěhotnět při francouzském líbání? Škodí používání krému Nivea a onanie? Jak mohou vzniknout dvojčata? Jak modré oči? po podrobné fyziologické přednášce a četných lektýrách v časopisu BRAVO mluví samy za sebe.

Meine Eltern merkten nichts. Meine Schwester lockte er nicht auf seinen Schoß. Die Glückliche trug noch Windeln.

Später klärte ich als Schulärztin die Kinder und ihre Eltern auf und zum Fachwissen half mir diese persönliche Erfahrung: Alles, was die Kinder unheimlich und komisch bezeichnen, sollte man ernst nehmen. Erklären und spezifizieren können das Kinder noch nicht, weil ihnen das Wissen fehlt. Bei den Teenagern ist Vorsicht geboten. Sie wissen schon Bescheid und statistisch gesehen existieren mehr Fälle übler Nachrede über einen gehassten Lehrer als wirkliche sexuelle Belästigungen. Heutzutage versteht sich ein aufgeklärtes Fräulein sehr gut darauf, sich für ihre schlechten Noten zu rächen. Leider bleibt immer etwas von dem üblen Nachruf hängen, auch wenn nachgewiesen wird, dass das Mädchen log.

Zu meinem Arbeitspensum als Schulärztin gehörte auch die sexuelle Aufklärung der 7. Klassen. Nach dem Vortrag durften die Teenies alles, was denen nicht klar war und alles, was sie interessiert erfragen. Schriftlich und anonym. Und die Fragen haben bewiesen, dass die Jugendlichen gar nich so erfahren und abgebrüht sind, wie sie sich so darstellen. Und wie ihr Ruf ist.

Die Fragen waren meistens naiv und unschuldig, bei den „Kenner" unwissend.

Roztomilou historku jsem zažila, když přišla moje třináctiletá dcera s kamarádkou Evou po podobné osvětě na KATOLICKÉ škole a předvedly mi hrdě dva kondomy, které tam dostaly. Oči jim hrdinně zářily. Ty budeme teď stále nosit u sebe, kdyby nás někdo přepadl a chtěl nás znásilnit, tak je nejdůležitější, abychom nedostaly AIDS a hepatitis B. Tak jsem rychle polkla, abych se nerozchechtala a děvčata pochválila, jak dávaly při sexuální výchově pozor. V duchu jsem si řekla, že to zase není tak špatný přístup. Pederasta nejvíc láká ten strach v očích a pokusy o prchání oběti, a když mu takové osvícené děvče rychle a „cool" bude podávat preservativ, určitě by sklapnul a tiše se odplížil.

Syn David s kamarádem Sörenem testovali, když jim bylo 18 let a měli čerstvé řidičáky, jak jsou děti připravené a osvícené. Líčili nám se smíchem, jak zastavovali před školou a lákali děti na bonbóny a na projížďku autem. Všechny testované dětičky prý hned křičely: „Hau ab, odprejskni, odporný zvrhlíku, s nikým cizím nikam nejedeme. Mazejte, nebo zavoláme policii a už tahali naprogramované mobily z kapes."

Smutné ovšem je, že jsou pak zneužiti dobrým známým nebo příbuzným.

Eine niedliche Geschichte erlebte ich mit meiner damals dreizehnjährigen Tochter. Sie kam mit ihrer Freundin nach einer Aufklärungsstunde in der katholischen Schule mit einem geschenkten Kondom nach Hause. Stolz klärten sie mich auf: „Mutti, wenn wir von einem Vergewaltiger überfallen werden, dann sollen wir ihm schnell das Kondom geben, damit wir kein Hepatitis B oder Aids bekommen." Ich unterdrückte mein Lachen und lobte die Mädchen, wie aufmerksam sie zugehört hatten. Eigentlich wäre so eine Reaktion nicht verkehrt. Die Perversen lieben die Angst und Panik in den Augen ihrer Opfer. Wenn ein Kind es wirklich schaffen würde, ihm ein Präservativ anzubieten, würde er sich bestimmt schnell verdrücken.

Als mein Sohn David 18 Jahre alt wurde und seinen frischgemachten Führerschein genoss, testete er mit seinem Freund Sören vor der Schule die Kinder, ob sie gut vorbereitet und aufgeklärt sind. Sie lockten die Kinder mit Bonbons zu einer Spritztour. Und alle Getesteten schrien laut: „Haut ab, ihr Perversen, NIE steigen wir in ein fremdes Auto. Verzieht euch, sonst rufen wir sofort die Lehrerin oder die Polizei an!" und zuckten ihre Handys aus den Taschen.

Wie schön. Bedauerlicherweise werden sie dann von einem Bekannten oder Verwandten misshandelt.

Divadelní scéna u babičky.

Od té doby, co se vnučka Carlotta naučila mluvit, musíme všechny pohádky, které bud'viděla nebo slyšela, přehrávat live na domácí scéně. Carlotta obsazuje vždy roli princezny, mně je přisouzena čarodějnice, jen výjimečně se mi dostalo cti ztělesnit královnu. „Budeme dávat Sněhurku?" informuje se vnučka dychtivě. Jakmile uslyší, že jsem připravena, objevuje se ve vteřině převlečena za Sněhurku. Jinak jí oblékání trvá hodiny. Stejně rychle se převtěluje do Popelky, nejrychleji do Lociky. Locika-Rapunzel je totiž její favoritka. I já zářím jako zlá macecha. Znovu a znovu jsem nucena chudinku Lociku unášet a mučit. Zavlečena a uzamčena ve vysoké věži bez dveří je nucena pro „matku" vařit a uklízet. Obracejíc své nevinné modré oči k nebesům prohlašuje svatosvatě: Ano, matko, vše jsem uklidila, zametla a něco dobrého pro tebe uvařila. Absolutním vrcholem tohoto představení je nemilosrdné zavlečení Lociky do divokého lesa. Tuto scénu musíme neustále opakovat a vybrušovat, Carlotta si to utrpení masochisticky užívá. Na rozdíl od šťastného setkání Lociky s rodiči a svatby s princem, které hrajeme z jedné vody načisto, musí být hrubé vláčení lesem a vrhání do jeskyně neustále vybrušováno a opakováno.

Theater mit Oma

Seitdem meine Enkelin Carlotta sprechen konnte, mussten wir alle Märchen, die sie gesehen und gehört hatte, nachspielen. Sie stellte selbstverständlich immer die Prinzessin dar, mir wurde die Rolle der Hexe zugewiesen. Nur selten kam ich zur Ehre, die Königin zu sein."

„Spielen wir Schneewittchen?", fragte sie und wenn sie JA hörte, erschien sie im Nu als Schneewittchen angezogen. Oder wahlweise als Aschenputtel beziehungsweise als Rapunzel. Rapunzel war Carlottas beliebteste Rolle, auch ich glänzte erfolgreich als böse selbsternannte Mutter. Immer wieder musste ich die arme Rapunzel entführen und misshandeln. Im Turm eingesperrt kochte die Arme für mich, fegte den Boden, die unschuldigen blauen Augen zum Himmel verdreht flötete sie: Ja, Mutter, ich habe sauber gemacht, für dich gekocht und alles schön zusammen gelegt. Gipfel des Stückes war das Verschleppen in den Wald. Da waren ihrer Meinung nach viele Wiederholungen nötig. Nicht das glückliche Zusammentreffen mit ihren Eltern, nicht die Hochzeit mit dem Prinzen sollten wir nachspielen, nein, immer wieder sollte ich sie in den Wald zerren und brutal in die Höhle werfen.

Když se jejímu o tři roky mladšímu bratrovi Emilovi dostalo konečně cti objevit se též na scéně, byla mu sestrou bez jakékoliv diskuse přidělena role prince dobyvatele. Pro herce Emila je nejhorším utrpením čekání na svůj výstup. Uzavřen v domečku z lepenky je nucen trpně poslouchat pánovité volání: „Lociko, Lociko, spusť své vlasy dolů!" Zpočátku to často nevydržel a objevil se předčasně na scéně a pokoušel se také spustit jeho ježka z věže vstříc maceše. V tom momentě se trpící, tiše vemlouvavě mluvící Locika proměnila v ječící furii: „Zpátky, tvůj čas ještě nenastal!"

Postupem času Emil dozrává a objevuje se ve správném okamžiku na jevišti a užívá si boj s macechou a nejvíc s Locikou. Jen velmi nerad se nechává porazit a na rozdíl od jeho sestřičky s masochistickými rysy musím vyvíjet nelidské násilí, než dosáhnu vítězství. Potom si Locika užívá vláčení po lese, vržení do jeskyně a čekání na vysvobození princem za srdcervoucího zpěvu, ležící vyčerpána na holé zemi. Princ bloudí lesem, trny mu vyškrábou oči a on oslepen se orientuje pouze podle zpěvu své vyvolené. To Emilovi nestačí, i vyžaduje vehementně baterku. „Proč baterku?" podivuje se babička, momentálně ve funkci režisérky, „vždyť jsi slepý". „No právě proto, že když nic nevidím, potřebuji přece BATERKU!" tvrdí logicky malý herec. Škoda, že jeho řešení nemůže převzít oční lékařství.

Als ihr jüngerer Bruder Emil würdig war, auf der Bühne zu erscheinen, war er sofort zur Prinzenrolle verdammt. Das Schwerste für ihn war das Warten auf seinen Auftritt. Er wurde gezwungen im Spielhäuschen zu hocken und zuzuhören wie die Hexe ruft: „Rapunzel, Rapunzel, lass dein Haar runter!" Sehr oft konnte er sich nicht mehr beherrschen, kletterte raus und wollte auch sein Haar herunter lassen. In diesem Moment verwandelte sich die unterdrückte leidende Rapunzel in eine Furie und schrie: „Zurück, deine Zeit ist noch nicht gekommen!"

Endlich war es soweit, er durfte auf der Bühne zuerst mit Rapunzel, dann mit der Hexe kämpfen. Im Unterschied zu seiner Schwester mit masochistischen Zügen ließ er sich aber nur ungern und nur mit Gewaltanwendung besiegen. Dann genoss Carlotta einmal wieder leidend ihr Verschleppen und unser Prinz durfte sie suchen. Er irrte durch das Gestrüpp und das Unterholz, bis seine Augen zerstochen waren und er erblindete. In diesem traurigen Moment verlangte er vehement nach einer Taschenlampe. „Wieso eine Taschenlampe? Du bist doch blind." „Na eben, in der Dunkelheit brauche ich doch die Taschenlampe, um etwas zu sehen," erwiderte der dreieinhalbjährige Schlauberger. Es ist schade, dass diese Lösung für die Augenheilkunde nicht von Nutzen ist.

Když konečně jako princ po dlouhém bloudění vysvobodí Lociku, a ta plačíce štěstím mu orosí slepé oči a ejhle - princ opět prokoukne - je Emil zklamán. Musí totiž odevzdat baterku. Tuto srdcervoucí scénu musíme nejméně třikrát opakovat.

Čas pokročil a bratři Grimmové už nám pomalu nemají co nabídnout. Tak teď dáváme jízdárnu. Carlotta vyrostla z priceznovských rób a převzala roli KONĚ. Ovládá nejen krok, klus, cval a skok přes překážky v Parcours, ale i řehtání a frkání. K tomu pohazuje svým koňským ohonem. Jelikož ztratila mléčné zuby, pozoruji s hrůzou, zdali jí nerostou ty koňské.

Emilovi je teď přidělena role poníka. Carlotta má o tři roky delší a rychlejší koňské nohy a to poníka uráží. Musím to vyrovnávat bonusem pro jeho představitele.

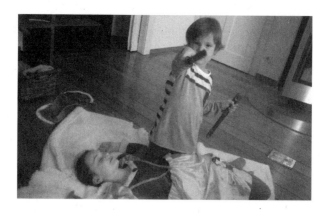

Als er endlich Rapunzel fand und sie vor Glück weinte, seine blinden Augen mit ihren Tränen benetzte und der Prinz wieder sein Augenlicht zurück erlangte –war sein Darsteller nicht begeistert. Er musste die Taschenlampe hergeben. Diese herzergreifende Szene mussten wir mindestens dreimal nachspielen.

Zurzeit können uns die Brüder Grimm nichts mehr bieten, denn wir spielen Reiterhof. Carlotta hat mit fast sieben Jahren die Rolle der Prinzessin verworfen und verwandelte sich in ein PFERD. Sie beherrscht nun Trab und Galopp, springt über Hindernisse im Parcours, wiehert und ihre Mähne weht im Wind. Weil sie gerade ihre Milchzähne verliert, beobachte ich mit echter Befürchtung, ob sie danach nicht Pferdezähne bekommt.

Ihr Bruder ist mit seiner zugewiesenen Ponyrolle nicht begeistert. Carlottas Beine sind halt um drei Jahre länger und sie ist dadurch immer schneller. Es ist nicht gerecht. Ich musste die Ungerechtigkeit mit Bonus ausgleichen.

Losi lesní a silniční

I když tahle orientační cesta přes všechny skandinávské země byla zajímavá a krásná, trpěli jsme jak mučedníci. Bylo to mučení, jako když je vám ukazována orosená sklenice nějakého nápoje, vy máte šílenou žízeň, ale napít se nesmíte. Při každé procházce lesem, dokonce i při pouhém pohledu z autobusu, jsme viděli spousty křemeňáků, kozáků i hřibů a nemohli jsme je sebrat, protože jsme pokaždé spali v jiném hotelu. Neměli jsme tedy možnost ani si houby usušit ani si z nich udělat smaženici. Bylo to po Midsommer, počasí bylo nádherné, světlé noci nás držely ve stavu euforie, nebylo možné zavřít oči a usnout, i když jsme si zatáhli rolety. Stejně světlo někde trochu prosakovalo, ale hlavně nám chybělo stmívání a vyplavování melatoninu. Pamatuji si, že při jednom vandrování finským lesem jsem se nemohla té krásy nabažit. A nebyly to jen ty houby, vedle stezky všude padaly vodopády, přes potůčky a tůňky se klenuly dřevěné můstky a lávky, kolem šuměly lesy a každý kilometr jsme narazili na půvabný malý srub s pryčnami na přespání, s grilem a zásobou dřeva. Vandrovník měl jen jeden úkol, uklidit po sobě, odpadky vzít s sebou a doplnit zásobu dřeva. Byla tam i pánev a hrnec, ale žádný! tuk, sůl a koření.

Wald-und Straßenelche

Während der Sommerreise über skandinavische Länder sammelten wir unvergessliche, wunderschöne Naturbilder, aber noch mehr Frust. Überall in den tiefen, dunkelgrünen Wäldern sahen wir zwar die sprudelnden Bäche, fast schwarze Moorbecken, romantische Lichtungen mit den moosbewachsenen Steinen, geheimnisvolle Lichtspiele unter den Zweigen, aber hauptsächlich stachen uns in die Augen die edelsten Pilze, die mitten der Schönheit überall unversehrt standen. Die molligen Steinpilze, die schlanken Birkenpilze, sogar die mit dem rotgelben Hüttchen, die Maronen haben wir gar nicht beachtet. Und wir, leidenschaftliche Pilzesammler, durften die nur bewundern, streicheln, na ja, nicht so lange, sonst würden wir von den zahlreichen Mücken zerstochen. Es war eine Busreise mit Übernachtungen im Hotel, jeden Tag in einem anderen. Keine Möglichkeit, die Pilze zu braten, oder trocknen. Und es herrschte Midsommer. In der Nacht war es hell, ich war ständig in einer Euphorie, keine Dunkelheit – kein Melatonin, mit der Folge – kein Schlafbedarf. Und überall die PILZE. Es war eine Folter pur. Auf einem Pfad in Finnland fanden wir sogar nach jedem Kilometer eine Holzhütte mit einer Feuerstelle, einer Pfanne, bereitstehendem Brennholz – aber kein Fett, kein Salz, kein Pfeffer weit und breit.

Takže jsme ty nádherné houby zase jenom hladili pohledem. Tenkrát s námi byly na té cestě i naše dvě mladší děti, ty kupodivu dokázaly v hotelu spokojeně spát, tma netma, jen my rodiče jsme lítali po lesích celí nabuzení. Až mě manžel musel odchytit a doslova donutit k návratu: uklidni se, už jsou dvě hodiny po půlnoci a ráno se jede dál. Je pravda, že moc dlouho jsme ty houby hladit nemohli, a ani kochat se pár minut přírodou v tichém zadumání nebylo možné. Jakmile se nadšenec zastavil, vrhly se na nás roje komárů.

Až jednoho dne se na nás usmálo štěstí. Brzy odpoledne jsme dorazili do švédské vesničky vysoko na severu. Ve středu vísky se tyčil kostelík obkroužený spoustou malých chatiček. Nejenže romanticky vypadaly, ale měly kuchyňku včetně všeho nádobí, a pro jednu noc byly NAŠE! Ihned jsme šíleným tempem vyběhli nejdříve do vesnice, naštěstí tam bylo otevřené jedno Smíchané zboží (jak u nás říkáme tzv. smíšenkám) i zakoupili jsme tam máslo, sůl, kmín a chleba a pak jsme se najisto ponořili do lesa. Nebyli jsme zklamaní – byly tam a byla jich spousta. Vybírali jsme jen ty nejkrásnější křemeňáky a pár hříbků a už se nám sbíhaly sliny.

Jeder Wanderer war willkommen, er musste nur Brennholz nachfüllen, sauber machen und die Abfälle mitnehmen. Es hat funktioniert, nirgendwo war Müll zu sehen. Ich konnte mit dem Wandern nicht aufhören, bis mein Mann mich abgebremst hatte: es ist schon zu spät, morgen müssen früh aufstehen und weiter fahren. Die Pilze durften wir nicht einmal streicheln, in dem Moment würden wir von Tausenden Mücken überfallen und zerstochen.

Aber dann hatten wir einmal doch Glück! Irgendwo in Schweden erreichten wir ein kleines Dorf, eingenistet im dunklem Wald, hoch gewachsene Tannen und Fichten schützen die ein paar Häuser. Um eine wunderschöne Holzkirche wurden wie ein Kranz kleine Hütten aufgebaut. Und das an diesem Abend unsere Übernachtung. Im jeden Häuschen war nicht nur ein Schlafzimmer, aber auch eine vollständig eingerichtet Küche. Mein Mann und ich haben uns angeschaut, ohne ein Wort zu wechseln stürmten wir das Dorf. Ein Tante Emma – Laden war noch auf, im Nu ergatterten wir ein paar Eier, Butter, Salz und Pfeffer und schnell in den Wald. Wir wurden nicht enttäuscht. Die Pilze mussten wir nicht suchen, einfach nur pflücken und im Nu brutzelten die auf dem Herd.

Když jsme se nacpaní šli ještě projít krásným večerem, tak nás potkávali spolucestující a prý, kde jste, v restauraci je šéfka, která mluví česky, slovo dalo slovo a ona se celý večer těší, jak si s vámi promluví a vy nikde. Tak tam rychle letíme, už dělala papíry, a opravdu, pocházela ze Světlé, kousek od naší chalupy. Byla z česko německé rodiny, proto ovládala perfektně oba jazyky. Tak jsme Martu pozvali do naší chatičky a užili si nádherný večer. Marta byla vdaná za švédského učitele. My jsme se rozplývali nad tou krásnou přírodou a půvabnou vesničkou s těmi chatičkami a Marta se mohla zbláznit.

Kuchyňky to má proto, že tu uživatel chatičky někdy uvízne kvůli sněhu i několik dní. Naši místní Švédi skoro nepromluví, hlavně v zimě, a bez varovných příznaků spáchají často sebevraždu. Když oni se ani nedokážou napít s mírou a pro radost! Já je mám rozdělené na losy lesní, ti nemluví vůbec a jsou furt v lese na lovu, a na losy silniční, ti občas vylezou z lesa a něco řeknou. K nim patří i můj manžel, ale bohužel se sem tam nechají na silnici přejet. Mému muži jsem dala ultimátum - „buď se odstěhujeme do Malmö nebo se dám rozvést."

Mit vollen Bäuchen ruhten wir zufrieden auf der Bank vor unserer Hütte, wo uns die ganze Gruppe bald entdeckte. „Wo seid ihr? Warum kamen sie nicht zum Abendbrot? Die Geschäftsführerin im Restaurant ist eine Landsmännin von euch und wartet auf euch." Martha stammte aus einer Ortschaft in Lausitz, die ein paar Kilometer von unserem Ferienhaus liegt. Sie heiratete einen schwedischen Lehrer und zog mit ihm in seinen heißgeliebten Geburtsort. Unsere Begeisterung über ihre neue Heimat hat sie sofort gedämpft.

Manchmal kann das Unwetter auch mehrere Tage wüten, darum müssen die gestrandeten Besucher hier auch eine Küche haben. Zu eurem Glück! Die Einheimischen sind einsilbig, im Winter bringen sich ohne Vorwarnung haufenweise um. Ich habe meinem Mann ein Ultimatum gestellt. Entweder ziehen wir nach Malmö, oder ich verlasse ihn. Ich habe ein bisschen Hoffnung. Er gehört zu den Straßenelchen, die verlassen ab und zu den Wald, wo sich die Waldelche mit dem Jagen vergnügen. Wenn die raus aus dem Wald kommen, dann lassen sich meistens auf der Straße überfahren. Also das ist meine Sortierung für die hiesigen Schweden."

Když jsme vytáhli flašku whisky, tak se Martě rozzářily oči: „To víte, že si s vámi ráda připiju, vždyť to je ta další hrůza! Alkohol se prodává jen ve specielním kšeftě ALKO, když jste tam potřetí, tak vás už pošlou na protialkoholní léčení."

Po půlnoci jsme si začali dělat starosti, jestli ji manžel nebude postrádat. „Prosím vás, co vás nemá, ten si ještě nevšiml, že nejsem doma. Nanejvýš se mnou pak promluví jednu větu navíc a to se budu jen radovat."

S Martou jsme si vyměnili pár dopisů, ale korespondence brzy ustala. Asi se tam v zimě dostává i těžko pošta, takže nevíme, jak to s Malmö dopadlo.

Martha bekam strahlende Augen, als wir sie in unsere Hütte einluden und aus dem Koffer eine Whiskyflasche holten. „Hurra", freute sie sich, „Mit dem Alkohol ist es hier auch schrecklich. Der wird nur in speziellen Alkoläden geführt, wenn sie mehr als drei Flaschen pro Jahr kaufen, werden sie in die Entziehungsklinik eingewiesen. Na ja, es hat mit der hohem Selbstmordrate zu tun, die Schweden beherrschen das Vergnügungstrinken in der Gesellschaft nicht", klagte Martha bitter.

Als die Mitternacht schlug machten wir uns Sorgen, ob ihr Mann sie nicht vermissen wird. „Oh, der hat das noch gar nicht bemerkt, dass ich nicht zu Hause bin. Und wenn, dann spricht er endlich ein Satz mehr mit mir."

Mit Martha haben wir ein paar Briefe gewechselt, dann kam der gefürchtete Winter und sie antwortete nicht mehr. Wir glauben nicht, dass sie den Umzug nach Malmö ausgefochten hat.

Pravdomluvnost dětí

Jednou při večeři začal náhle náš čtyřletý vnuk Emil hořce naříkat.

„Co se děje?" ptám se starostlivě. „Nejedou ti ty Cannelloni?"

Tak ty prý jsou v pořádku. Ale vzpomněl si, že má zaracha s koukáním na televizi.

„A copak jsi zase provedl?" vyptávám se účastně.

Z podrobného líčení jsem se dozvěděla, že kluk včera lítal i přes opakované varování matky a trenérky kolem bazénu po mokrých dlaždičkách, a dvakrát spadl na hlavu až lebka zaduněla. No tak se máma strašně rozzlobila a vyslovila osudný ZÁKAZ TELEVIZE a to na tři dny! A on se tak těšil na pokračování jeho oblíbených Draků…

Kdybys nám to neprozradil, tak bychom nic nevěděli, rodiče se totiž o žádném zákazu nezmínili a děda by vám DVD s Draky, jako vždy po večeři, pustil, podivovala jsem se v duchu nad jeho pravdomluvností.

„No jo zákaz je zákaz, ale strašné je, že nejen dnes, ale i zítra a pozítří neuvidím mého miláčka Bezzubého Draka," naříkal malý pravdomluvný Jan Hus.

Naštěstí nebylo zakázané předčítání a tak jsme se odebrali nahoru do jeho pokojíčku přečíst si dvě kapitolky z jeho milovaného Kokosového Ořechu.

Ehrlichkeit der Kinder

Bei dem Abendbrot begann unser vierjährigen Enkel Emil plötzlich weinen.

„Was ist los?" Fragte ich besorgt: „Schmecken dir die Cannelloni nicht?"

„Nein, die sind lecker, aber ich habe mich erinnert, dass ich ein Fernsehverbot habe."

„Ah je, was hast du wieder angestellt?" will ich voll Teilnahme wissen.

Danach erfuhr ich, dass er gestern in der Schwimmhalle wild gerannt ist, bis er zweimal hin auf seinen Hinterkopf knallte. Und folglich wurde seine Mama sehr böse und hat das Verbot für DREI Tage ausgehängt. Und er möchte so gerne seine Drachen sehen…

„Wenn du uns das nicht sagen würdest, dann würden wir mit dem Opa keine Ahnung haben, und der Opa euch nach dem Essen die DVD einschieben. Gut, dass du so ehrlich bist." Wunderte ich mich heimlich.

„Ja, Fernsehverbot ist halt Fernsehverbot und es gilt auch für die DVD's. Ich werde nicht nur heute, aber auch morgen und übermorgen keine Ohnezahn-Drachen Geschichte sehen." Jammerte der kleine Sünder.

Gott sei Dank wird das Vorlesen erlaubt und dann gingen wir in sein Zimmer um zwei Kapitel aus seinem Lieblingsbuch Kokosnuss zu lesen.

V duchu jsem se hihňala. No těpic: jeden hrdina je Bezzubý drak a druhý Kokosový ořech, to je mimochodem také drak.

Jeho osmiletá sestra nás kupodivu dobrovolně doprovázela. Bez Emila ji nebaví sama koukat. Prý se nemá s kým hádat.

"A babi, to ještě existuje Hausarest - zákaz vycházení z domova!" šeptala zasněně. "Takový trest bych ráda dostala! To bych nemohla ani do školy, že jo?" dělala si naděje naše pilná žákyně.

Už pár dnů před touto událostí jsme se podivovali, jak nevinné jsou děti v tomto ranném věku. Po dvou dílech nějakého seriálu si přály shlédnout ještě pokračování třetí. Děda jim to dovolil, vylítaly se, nacpaly a ještě nebylo ani 19 hodin, kdy se normálně začnou chystat do postele. Ale po tom třetím díle dostaly chuť ještě na čtvrtý.

"Ale to nejde, rodiče vám povolují jen dvě, maximálně tři části," odmítáme s dědou jednohlasně.

"Odkud to víte!?" diví se vnoučata.

"No, přece od vás."

Tak se na sebe vykuleně podívala a prý, no jo, to je pravda, to se nedá nic dělat. A odebrala se smutně si vyčistit zuby.

Když jsme to večer převyprávěli rodičům, tak tomu nechtěli věřit a žasli nad svými úspěchy ve výchově.

Seine Schwester Carlotta ging auch mit: Ohne Emil macht es kein Spaß fernzusehen. „Und Oma, es gibt auch noch Hausarrest", flüsterte sie ehrfürchtig. Den würde sie gerne kriegen. „Wenn ich doch den Hausarrest habe, dann darf ich das Haus nicht verlassen und ich darf nicht in die Schule gehen, stimmt Oma?" freute sich die fleißige Schülerin.

Wir wunderten uns schon vor ein Paar Tagen vor dieser Geschichte, wie unschuldig die Kinder in diesem Alter sind. Nach zwei Folgen der Drachen wollten die Geschwister noch die dritte sehen. „Na ja, warum denn nicht, es ist noch nicht 19 Uhr", war der Opa einverstanden. Aber nach der dritten Geschichte verlangten die Kinder noch die vierte. Bitte, bitte….

Aber dann war mit dem Opa keine Rede mehr. Eure Eltern erlauben doch nur zwei, höchstens drei Folgen.

„Woher wisst ihr das?" staunten die Enkelkinder.

„Na, von euch doch, Ihr habt uns das verraten."

Danach guckten sich die beiden mit ganz großen Augen an. Und sind nach oben traurig gegangen, um sich die Zähne zu putzen.

Als wir alles den Eltern abends berichtet haben, waren die beiden sehr erstaunt über ihre Erziehungsfähigkeiten.

Rošťák

Když jsem zase jednou měla za úkol vyzvednout vnuka ze školky, tak jsem ho marně hledala mezi hrajícími si dětmi na pískovišti. Až tu ke mně přikvačila učitelka mateřinky Líza se slovy: „Emila jsem vykázala ze skupiny, házel po mně pískem a po napomenutí dokonce lopatkou!"

„Oho, ten pacholek, hned ho jdu sprdnout na tři doby." Uklidňuji rozhořčenou paní učitelku ze školky.

V kuchyňce seděla na pranýři hromádka neštěstí, po tváři se jí koulely slzičky. Babičkovské srdce sice ve mně usedalo, ale přesto jsem pravila přísným hlasem: „Co jsi to zase prováděl?! Proč jsi házel na milou Lízu písek a dokonce lopatku?"

„Když my jsme si s Florianem a s Louis hráli na zlé zločince," vysvětluje slzami prosáklým hláskem hříšník.

„A proč tu sedíš na pranýři sám? Kde jsou Florian a Louis?" vyzvídala babička.

„My tři jsme sice největší rošťáci z předškoláků, ale já jsem ten nejhorší," přiznal roztřeseným hlasem Emil.

Když jsme to Líze vysvětlili a Emil se omluvil, byl svět opět v pořádku, rošťák se oklepal, utřel si oči i nos a byl připraven k dalším dobrodružstvím.

Rabauke

Als ich neulich unseren Enkel aus dem Kindergarten abholen sollte, suchte ich ihn vergeblich unter spielenden Kindern im Sandkasten. Dann eilte Lisa, die Kindergärtnerin zu mir mit den Worten: „Emil schickte ich rein, er bewarf mich mit dem Sand und nach der Mahnung sogar mit der Schaufel!"

„Oh, wie schrecklich, ich wasche ihm gleich den Kopf" erwiderte ich.

In der Küche saß auf dem Schandestuhl, die Tränen in seinen Augen, ein Elendhäufchen. Die Oma in mir war sofort erweicht. Trotzdem herrschte ich das Kind an: Was hast du wieder angestellt? Wieso wirfst du den Sand und sogar die Schaufel nach der lieben Lisa?

Mit der tränenreichen Stimme klärte mich Emil auf: Wir, meine Freunde Florian und Louis, spielten die bösen Einbrecher.

„Und warum sitzt nur du hier auf dem Schandestuhl?" wunderte ich mich.

„Wir sind alle die größten Rabauken, aber ich bin leider der Schlimmste", gab der Kleine zerknirscht zu.

Nachdem wir die Lisa aufgeklärt haben und Emil hat sich entschuldigt, war die Welt wieder in Ordnung und der Rabauke, wieder gut gelaunt, bereit zu neuen Abenteuern.

Ve svých necelých pěti letech už je Emil jen vyjímečně bagristou, teď je aktuálně PIRÁT. Ponořen do hry zastřelí nemilosrdně všechny moje námořníky lodním dělem, ty, kteří přežili, probodne krvežíznivě mečem, nedbaje mého orodování za nebohou posádku. Nakonec potopí mou loď, je absolutně tvrdý, není s ním žádná řeč. Mé nadšení pro tyto hry je minimální.

Nejradšji hraje hru na piráty „live" na chatě na rybníčku s tátou. Lodě jsou dálkově ovládané, to je na babičku moc a žalostně selhává. Naposledy si přál vyplout do boje v lednu, když bylo *moře* zamrzlé. Tak dlouho do otce hučel, až to rodič vzdal a rozsekal led lopatou, což kvitoval Emil s naprostým nadšením. Nedočkavě plný radosti se chystal na bitvu mezi ledovými krami a přitom skákal, nedbaje rodičovského napomínání, po zledovatělém můstku, až slítnul, ten krvežíznivý pirát, s hlasitým žbluňk do ledové vody. Díky Bohu fungovala jeho zimní péřová bunda jako záchranný kruh, který se nafoukl jak airback a táta ho mohl popadnout a rychle vylovit. Jako trest následovala sprcha horkou vodou, což Emil nenávidí, včetně hlavy, což nenávídí ještě více.

Jsem zvědavá, a tiše v to doufám, že je pirát z krvežíznivých bitev vyléčen.

Jetzt mit nocht nicht fünf Jahren ist er nur selten der Baggerführer und der Lokführer, meistens ist er ein PIRAT. Beim Spiel überfällt mein Schiff, Das Kleinste wird mir selbstverständlich zur Verfügung gestellt, erschießt erbarmungslos mit seinen Kanonen meine Matrosen, die Überlebenden ersticht er mit seinem Schwert, und kentert mein Schiff. Als ob. Meine Begeisterung mit diesem Spiel hält sich sehr in Grenzen.

Am liebsten spielt er die Schlacht im Ferienhaus auf dem Teichchen, die Schiffe ferngesteuert. Er wünschte sich auch im Januar ins Meer zu stechen, also ins Teichchen. Sein Papa musste die vereiste Oberfläche zerschlagen, was ganz Emils Geschmack entsprach. Er hüpfte vor lauter Begeisterung auf der vereisten Leiter, bis er mit lautem Plumps ins Eiswasser fiel. Gott sei Dank funktionierte seine Daunenwinterjacke als ein Rettungsring und sein Vati konnte ihn schnell raus fischen. Als Strafe kam das Abduschen mit heißem Wasser, das hasst er, sogar seine Haare waren gewaschen. Das hasst er noch mehr.

Ich bin neugierig und hoffe leise, dass der Pirat von den blutrüstigen Spielen geheilt wird.

Láska po italsku

Kamarádka Karin prožívá už přes rok lásku po italsku, tedy spíš po siciliánsku. Se svým milencem se seznámila na tanečních hodinách pro dospělé, a to ne právě dospělé, ale JEŠTĚ dospělé. Těsně předtím, než tito *dospělí* budou zbaveni svépravnosti.

Karin žije na plné pecky. Na starší kolena poznává milování, které jí až do této doby bylo odepřené. Luigi ji přivádí k takovým vyvrcholením, které jsou už na hranici příhody mozkové. Díkybohu má Karin nízký krevní tlak. Nakonec by to nebyla tak špatná smrt, ale přece jen předčasná. I Luigi si přijde zřejmě na své ořechové. I když už asi stokrát prohlásil, že je konec, vydrží to ani ne týden a už Karin volá: Nemohu náš vztah ukončit, i když jsi potvora. Všechny moje ženy a milenky poslouchaly a neodmlouvaly. Takové trápení jako s tebou jsem ještě s žádnou ženskou nezažil. Karin je po každém rozchodu na dně, ale jen se otřepe, už zase odmlouvá.

Náš Sicilián Luigi je šíleně žárlivý. Jen se Karin třeba zmíní o otci jejích, již dospělých dětí, s kterým už léta nežije anebo o jiném milenci z její dávné minulosti, začne proměna Jekylla v Hyde.

Liebe auf Italienisch

Meine Freundin Karin erlebt wörtlich auf eigene Haut seit sechs Monaten die Liebe auf Italienisch. Präzise: auf Sizilianisch. Ihren lover kennenlernte sie in der Tanzstunde für Erwachsene. Für die nicht GERADE Erwachsenen, aber für die NOCH Erwachsenen. Genau gesagt, in der Lebensphase, in der die Erwachsenen noch nicht entmündigt werden müssen.

Endlich erlebt Karin das wahre Liebesleben, das sie seit Jahren vermisste. Luigi bringt sie zu solchen Höhepunkten, die an der Hirnblutung grenzen und zu heftigen Kopfschmerzen führen. Gott sei Dank hat Karin im normalen Zustand ehe niedrigen Blutdruck. Im Grunde genommen wäre das nicht die schlimmste Art den Tod zu finden. Dazu ist es aber noch zu früh! Gewiss genießt Luigi ähnliche Höheflüge, sonst würde er Karin nach jeder endgültigen Trennung, die er innerhalb des Jahres ungefähr hundertmal inszeniert hat, nicht anrufen.

Unser Sizilianer Luigi ist nämlich wahnsinnig eifersüchtig. Wenn Karin im normalen Erzählen ein Wort über ihren Ehemann, von dem sie schon seit einer Ewigkeit geschieden ist, oder über einen ihrer Exfreunde, kriegt Luigi sofort einen Wutanfall und verwandelt sich in einer Sekunde von Jekyll in Hyde.

V tu ránu lítá Luigi po bytě, mává rukama a řve: Bastarde, porco di putana Madonna! To Janu pochopitelně šíleně naštve i pošle ho kamsi. „Tak takhle to nejde!" šílí cholerický Sicilánec, „to je konec!." Počne balit krabici potravin, které vždy přiveze, aby mohl Karinku rozmazlovat italskou krmí. Vařit umí prý také moc dobře.

Karin ho ale při jejich poslední návštěvě u nás opět smrtelně urazila. Uvařila jsem totiž k maltézskému kuřeti rýži. „Jé, rýže!" radovala se nahlas Karin, „konečně něco jiného, než ta věčná PASTA!" Oho hó, a už je zase po stoprvé konec. Prostě je to hrdá a statečná holka, i když milující a odpouštějící, nenechá se zformovat do role una brava donna.

Už při prvních zprávách o balení krabic jsem Karin radila, aby se bránila i přibalení flašky s vínem. „Řekni mu, sbal se a zmiz, ale to víno tu laskavě nech, musím si dát skleničku na uklidnění." Tak to už zvládla, navíc je v současné době balení dokonce vylepšeno otázkami mezi: „Bastarde, porco di Madonna, chceš tu nechat půlku melouna? Mohla bys mi dát kus chleba? Mám ti tu nechat jednu porci?" A hrdá Karin praví mrazivým tónem: „Jo, nechej a vezmi si kus chleba."

Pozoruji tento vývoj s velkým zájmem, i když dost skepticky. Jakpak to skončí? Zabije ji pěstí, psychickým tlakem nebo láskou?

Ta třetí možnost se mi zdá nejlepší…

Er saust durch die Wohnung, ballt die Fäuste, und schreit: Bastarde, porco di putana Madonna! Das lies sich Karin nicht gefallen, auch wenn sie zuerst noch nicht gewusst hat, was es bedeutet. Danach packt Luigi seinen Korb, mit Pasta und allen leckeren Zutaten, mit denen er Karin verwöhnt. Kochen kann er angeblich auch gut. „Das ist Ende unserer Liebe" verkündet Luigi laut, „ich muss weg fahren, sonst erschlage ich dich!" Und verschwindet mitsamt seinem Korb. Nach ein paar Tagen ruft er an: „Du Teufel, ich kann ohne dich nicht leben. Gehen wir tanzen?" Und es beginnt alles von vorne.

Neulich habe ich das Pärchen zum Abendessen eingeladen. Zum Hähnchen auf maltesische Art habe ich Reis gekocht. „Toll, freute sich Karin, endlich etwas anderes als die ewige Pasta!" Nach dieser tödlichen Beleidigung kam wieder einmal zur endgültigen Trennung für ein paar Tage. Trotzdem lässt sich Karin nicht verformen und zu brave Donna erziehen, sie ist ein tapferes kämpferisches Mädchen.

Schon bei der ersten Schilderungen der italienischen Szene mit dem Packen des Korbes, habe ich Karin beraten. Sie soll ihn gehen lassen, er muss aber dort die Weinflasche zurücklassen, sie muss sich doch beruhigen und auf den Frust ein-zwei Gläschen trinken. Mit der Zeit kam noch zu anderen Veränderungen in der sizilianischen Szene. Zwischen Bastarde, porca Madonna fragt er, ob er ihr eine Portion dort lassen soll, und ob er ein Stück Brot mitnehmen darf. Karin antwortet mit frostiger Stimme: „Ja, und den Wein dazu und du darfst das Brot mitnehmen."

Ich beobachte die Entwicklung der italienischen Liebe mit großem Interesse, aber auch mit Sorgen.

Wie endet die Beziehung? Tötet Luigi seine Freundin mit der Liebe oder mit der Faust?

Die erste Möglichkeit kommt mir doch ein bisschen besser vor.

David v otcovské roli

Po zvážení čerstvých dramatických událostí jsem došel k závěru, že mám chytrého syna, který je schopen si vymyslet v předškolním věku perfidní a mazaný plán, aby konečně poznal svého, před čtyřmi dny předčasně narozeného, bratrance Simona. Musel asi dlouho přemýšlet, jak se dostane do nemocnice k novorozeňatům, až došel k závěru, že je to uskutečnitelné pouze přes hrdinné sebezmrzačení. Když při fotbalovém tréningu nenatrefil na žádného protivníka, ti jsou totiž, jak je obecně známo u míče, tak si vyhlédl k body check (česky bodyček) kolegu z vlastního mužstva.

Po šíleném nárazu čely utržili hráči hluboké tržné rány, krev při tom crčela nejen z ran, ale i z nosů. Byly přivolány sanitky a oba hrdinové dopraveni v separátním voze, za blikání modrého světla, do rozdílných špitálů. Emil k jeho tiché radosti do dětské nemocnice Auf der Bult, kde je opečováván i Simon. Jako doprovod zraněného musela rodiče, nacházející se ještě v pracovním procesu, zastoupit babička, která dlouhý pobyt v čekárně musela překlenout jeho utěšováním a poté předčítáním.

David als Vater

Ich bin zur Überzeugung gekommen, dass mein Sohn Emil sehr schlau ist, weil er in der Lage war, sich einen perfiden und ausgeklügelten Plan erdacht zu haben. Um endlich den vor vier Tagen frühgeborenen Cousin Simon kennenzulernen. Wahrscheinlich hat er seit ein Paar Tagen überlegt, wie man das anstellt, um in die Kinderklinik Auf der Bult zu gelangen und kam dann zur Entscheidung, dass er das nur durch eine heldenhafte Selbstverstümmelung erreichen kann. Da beim Fußballtraining kein Gegner in der Sicht war, denn die sind ja bekanntlich beim Ball, hat er einen seiner Teamkollegen auf den Kieker genommen und sich eine tiefe Platzwunde nach dem Zusammenstoß zugelegt. Der Mitspieler war ebenfalls ausgeknockt und wurde ebenfalls von freundlichen Rettungsassistenten mit Blaulicht abgeholt.

Der Plan ist fast aufgegangen. Im Krankenwagen wurde Emil informiert, dass er in die Kinderklinik Auf der Bult gebracht wird. In der Begleitung von Oma, (die erziehungsberechtigten Eltern befanden sich noch im Arbeitseinsatz), die dann zwei Stunden der Wartezeit mit Vorlesen und Trösten ausfüllen musste. Danach wurde der Krieger erfolgreich zusammengeklebt und ein neuer Heldenstatus kursiert Dank der Internetvereinigung bei „WasGehtAb."

Náš hrdina byl konečně slepen dohromady, ovázán, krev a slzy osušeny. Načež suše pravil: A teď konečně za Simonem! Po chvilce se ale zarazil: Smůla je, že nevíme na jakém pokoji leží.

Maličký Simonek nemá o ztroskotané akci *setkání bratranců* ani ponětí.

On to všechno jednoduše prochrupkal.

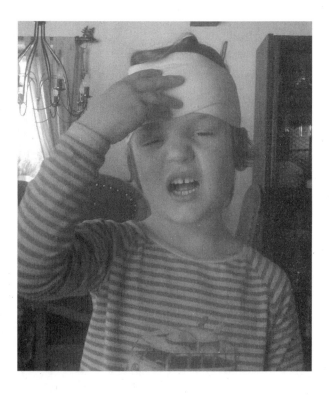

Der Clou jedoch, mit dem Zusammentreffen der Cousins, wurde nicht erreicht. Als die Oma das Blut und die Tränchen abgewischt hat, konstatierte Emil trocken: Jetzt ab zum Simon! Aber dann hielt er kurz inne: Wir haben ein Problem. Wir wissen seine Zimmernummer nicht.

Der kleine Simon hat nichts von der gescheiterten Großaktion mitgekriegt.

Er hat das Ganze einfach verpennt.

Tyto postřehy jsou určeny pouze pro českého čtenáře. Otestovala jsem je u německých příbuzných a přátel. Nerozumí jim, a tudíž nechápou o co jde...

Miss Hygeia

S čerstvou imatrikulací v kapse nás soudruzi ihned nahnali na lesní brigádu. Měli jsme celé září sázet stromky někde na Příbramsku. Škoda, že to nebylo placené alespoň jako chmel, to jsem narvala takových věrtelů, že jsem se z toho oblíkla na celou zimu. No ale byli jsme v lese na čerstvém vzduchu, navzájem jsme se oťukali a založili jsme naši partu. Dokonce jsme hned pochopili jak máme ty stromky sázet, takže tam s námi nemusel být žádný dozor, který by každou chvilku řval: Zeleným nahoru! Ke konci brigády jsme se usnesli zvolit Miss Hygeiu, neboť jsme teď byli studenti Lékařské fakulty hygienické. Kupodivu jsem se dostala přes základní disciplínu, a sice procházky na podiu v plavkách, do užšího výběru, nejspíš proto, že moc krasavic mezi námi zřejmě nebylo. Další disciplína bylo volné vyprávění. To mám ráda. Tak už zbývalo jenom braní míry. Jury, několik kluků, nás měřilo v pase, přes boky a přes prsa. Všechny přede mnou měly podobné míry jako já kolem 92-62-92cm. Tak jsem si strčila pod tričko ruce a vytáhla to přes prsa na 150 cm, všechny konkurentky jsem touto bombastickou mírou přetrumfla a stala jsem se zaslouženě Miss Hygeia 1965. Dostala jsem krásnou růžovou šerpu, ještě ji mám schovanou. Jenom nevím KDE. Jako Miss jsem byla zneužívána na různá vyřizování. Poslední úkol byl vyjednat v místní vesnické hospodě půjčení sálu na večírek na rozloučenou. S radostí jsem se ulila ze sázení stromků a vesele se hnala do vísky. V hospodě seděl v tuto časnou hodinu jen hostinský s jedním ochmelkou. Tak jsem se hned vrhla do medias res, *ale co tak mezi dveřmi, děvenko, jen si sedněte, to musíme v klidu všechno probrat,* pravil bodře pan hostinský a šel mi natočit pivo. Nu, horko bylo, jen do mě zahučelo. Dohodli jsme termín, špekáčky a cenu, opravdu kulantní, když jsem vylíčila, že jsme študáci a že děláme zadarmiko. Zapili jsme to dalším pivkem a začala jsem mít dojem, že se vznáším. „Kdepak tady máte toaletu?" ptám se zastřeným hlasem. „Tady musíte přes dvorek, v rohu je ta budka se srdíčkem," ukázal pan hostinský a tichým hlasem zasyčel na stálého štamgasta: Neříkal jsem ti, vole, abys jí tam nelil to štamprdle! To už jsem si to šněrovala přes dvůr, zakopla jsem o pasoucí se kozu, z čehož jsem dostala záchvat smíchu a nakonec dorazila i na tu latrínu. Pan hostinský mě znepokojeně pozoroval a pak mi navrhnul: Nejlepší by bylo, kdybyste se tadyhle v hostinském pokojíku natáhla, dala si šlofíka, abyste nám někde nezabloudila v lesích. Tomu jsem byla moc ráda, natáhla jsem se na pohovku, zavřela oči a, však to každý zná, místnost se se mnou začala točit jak na řetízkovém kolotoči. Tak jsem ty oči zase rychle otevřela, ale stejně se mi zvedl žaludek a v naprosté panice jsem přeběhla pokoj, rozrazila okno a vyhodila ta dvě obohacená piva pod nohy vesničanů čekajících na autobus. Netušila jsem, že se zrovna před oknem hospody nacházela autobusová zastávka.

Mejdan na rozloučenou byl vydařený. Pochopitelně se během večera rozneslo jak sálem, tak ve výčepu, jak Miss poblila náměstí. Nikdo mi nenadával, všichni mi dobromyslně poklepávali na ramena a královsky se bavili.

Hygeia

Medicínu jsem studovala na Lékařské fakultě hygienické. Jednak jsem obdivovala víc slavné mikrobiology a otce očkování než slavné chirurgy a internisty, jednak se šířilo tam-tamy, že tam přece jenom není takový nával. Jelikož jsem neměla ten žádaný dělnický původ, tak i když jsem přijímačky udělala, tak mi tam přátelsky poradili, ať jdu ještě na nástavbu, že mě potom vezmou už bez příjimaček. Že už se to nějak rozmlží. Tak tu nástavbu jako asistentka hygienické služby jsem vystudovala se samými jedničkami, nebyla tam holt žádná matyka a deskriptivní geometrie. Ta zdravotnická škola se nacházela na Alšově nábřeží za Umprum. Kráááásná lokalita, pražské zahrady za rohem, měli jsme tam prima učitele a byla tam docela sranda. Jistá spolužačka nedokázala vyslovit jediné latinské slovo. Ne že by tam té latiny bylo tolik. Ale některé bakterie holt nemají český překlad. I když dnes už se to změnilo a s velkým zájmem jsem nedávno naslouchala jedné mladé epidemioložce, která v televizi Escherichia coli nazývala něžně a zdrobněle Ekolka. Tak tenkrát to nebylo zvykem a naše spolužačka úplně troskotala na Leptospira icterohaemorrhagica. Její specialitou také bylo Protiepidemiologické oddělení, (místo protiepidemické), tedy oddělení, které se samo potíralo. Zase to není taková hrůza, když i dnes nejen v Čechách, ale i v Německu, běžně slyšíte v rozhlase či TV, že má někdo psychologické, místo psychické, problémy. I když je i to možné, že má někdo problémy po psychologické léčbě.

Každá lékařská fakulta má společné začátky, dva tvrdé roky na všeobecné. Měli jsme po těch dvou letech dost vysokou „úmrtnost", jak se nazýval počet vyházených studentů. Škoda, vyházeli nám nejlepší a nejatraktivnější kluky. Třeba ta anatomie se musí dřít systematicky, ale oni se na to vykašlali a doufali, že to před tou zkouškou stihnou. Ale navrčet se látku, která se probírala tři semestry, nelze zvládnout za pár týdnů. My, holky, jsme byly pilnější a také posranější, a proto je asi mezi lékařkami taková feminizace. Měli jsme tam bezvadnou partu a užili jsme si nezapomenutelné hodinky v Uteru, což byla hospoda mediků, i když měla určitě jiné, oficielní jméno. V Uteru bylo typické, že jakmile se objevili medici, tak vrchni honem sklízeli ze stolů kuvert, čili rohlíky v ošatkách, neboť jsme je vždy sežrali a za ně pak neplatili. K učení jsme se scházeli u jednoho z party, a když šlo do tuhého, tak v universitní knihovně v Karolinu. Tam bylo posvátné ticho, jenom vzduch se tetelil tím vyzařováním ze zapálených mozků. Já jsem stádní člověk, a tak jsem se tam mohla senzačně soustředit na šprtání. Když už jsme nemohli, tak jsme šli na pivo k Modré štice. Nejlepší podmínky k učení v partě jsme měli u Karolíny. Její rodiče měli velký byt ve Spálené se záchodem PRO HOSTY, a se spoustou obrazů na stěnách, neb dědeček Karolíny byl akademický malíř. U Petra to bylo také dobré, tomu se ale ten byt na Letné stal osudným, neb se kvůli němu odmítl po promoci odstěhovat z Prahy a musel se tedy na dva roky uvázat jako vězeňský lékař. Ty dva roky se na jeho psyché dost podepsaly. Z této pohnuté doby vlastnil takové bytelné uniformní kabáty s náramenky snad kapitána a jeden takový daroval manželovi. Ten si ho velmi pochvaloval, chodil v něm do lesa na houby a vůbec nepromokal a nezapichovaly se mu do rukávů větvičky. Navíc z toho měl škodolibou radost. Až ho jednou jeden informovaný občan vystrašil: Honem to někam zakopej, nebo tě zavřou za znevažování socialistického vojska.

Jinak byl Petr bezprostřední kluk a byla s ním velká legrace. Když jsme tak jednou pilně pracovali, tak najednou povídá: Ježišmarjá, holky, vždyť já mám za chvilku rande a dneska by mohlo jít do tuhého. Mlátily s ním ty hormony. „Zkoukněte mi, prosím, moje spodky, jestli s nimi mohu absolvovat to intimní rande." Tak se nám poodhalil a my, až na Zeisku, zařvaly: Ne, tak to v žádném případě! Měl na sobě příšerné vytahané trenýrky s medvídkama. Zeiska na tohle byla absolutně k nepotřebě. Zeiska jsme jí říkala kvůli brýlím, takovým těm bez obrouček, prostě firma Zeiß. Ta chodila pořád v jednom svetru. Jednou se objevila v takovém krásném novém a tak jsme závistivě vzdychaly: Ten je krásný! K čemu jsi ho dostala? Máš narozeniny? „Co blbnete?" na to Zeiska, „ten mám už dlouho." Vůbec jsme to nechápaly: „a proč jsi ho, proboha, nenosila?" „Co bych ho tahala, když ten starý ještě neměl díry," uzemnila nás doslova Zeiska. Zeisce prostě chyběla jakákoliv holčičí koketnost. Typická příhoda, toto dotvrzující, se odehrála ve frontě v menze na Albertově. Stála jsem za ní, když se k ní otočil jeden mladík a zeptal se koketně, zdali by s ním po obědě nešla na coca - colu. Pozor. Ne na Kofolu. „Ne, nešla," zmrazila ho Zeiska. Byla jsem z toho vytočená. Proč s ním nejdeš, takový hezký příjemný kluk! „Co bych tam dělala?" pravila Zeiska nechápavě: „vždyť nemám vůbec žízeň."

Tahle Zeiska pracovala po promoci na psychiatrii. Její specializací se stali sexuální devianti. Myslím, že odváděla dobrou objektivní práci, neovlivněnou žádnými emocemi nebo hormonálními posuny a dotáhla to oprávněně až na primářské místo.

Celá naše parta se sešla u Karolíny na chatě, když jsme, ti šťastní, oslavovali ANATOMII. Ještě dnes se mi vyplavuje serotonin! Udělala jsem ji u prof. Borovanského za dvě. Zeiska a Petr museli sice dvakrát, Zeiska dokonce třikrát, protože na tohle byla nervák. Na ten druhý termín jsme to s ní probírali ze všech stran, všechno znala perfektně a proto jsme zírali, jak jí mohli zase vyrazit?! Na co jsi vyletěla, proboha? Dostala jsem portocavale anastomose. To snad není možné, vždyť jsme to zrovna včera probírali, to přece umíš! Cavoportální spoje! Jo, ty umím, nechápala Zeiska, ale ne portocavální. Byla tak zblblá, že jí to nedošlo, když to otočili. Takže jsme po tom stresu usoudili, že to musíme řádně oslavit. Dali jsme dohromady deset Kč a šli jsme zakoupit alkoholický nápoj. Za tu cenu jsme dostali jenom Čokorosu. To se nedá zapomenout! Byla to hrůza, pěkně jsme se vyčistili. Ještěže jsme byli na té chatě v přírodě.

Karolína se specializovala na internu. Po promoci pracovala v České Lípě a ošetřovala párkrát i pana Menšíka. Takže jsme věděly, jaké problémy má s jeho astmatickými záchvaty. Tenkrát se to s lékařským tajemstvím nebralo tak přísně.

Jednou jsme se sešly a Karolína líčila, jak se obětavě stará o jednu starou dámu. A že jí slíbila dárek, až ji bude propouštět. Karolína si dělala jednak naděje a jednak starosti. Kdyby to byl třeba cenný zlatý šperk, aby to nebylo bráno jako úplatek. Pacientka naznačila, že je to sice malé, ale kráásné. Pak mi Karolína takhle volá: Sedni si, víš, co mi ta baba dala!? Takovou tu příšernou sponku do vlasů s růžičkou z umělé hmoty. RŮŽOVOU! Karolína má zrzavé vlasy.

V partě s námi byla ještě Elena. To byla moc hezká a příjemná Slovenka. Její otec byl přednosta železniční stanice. Elena byla z nás nejvyspělejší, měla krásnou postavu s podprsenkou číslo 4. Zamiloval se do ní jeden asistent na chemii. Elena s ním dokonce pár měsíců chodila. My jsme celé zvědavé vyzvídaly, jaké to s ním je. Už mu bylo asi 30 let. „A tož," konstatovala Elena „má také obstarožné tělo." O jé, jak je vše relativní. Elena měla ještě před promocí nejabsurdnější svatební oznámení, které jsem viděla. Vzala si nakonec o pár roků staršího kolegu, z takové buržoasní rodiny. My jsme sice měli doma bidet, ale rodiče jejího ženicha měli v bytě na Vinohradech docela velký pokojík pro služku s vlastním příslušentsvím. Teď v něm bydleli novomanželé. To oznámení bylo podle rakouského vzoru. Rodina měla totiž četné příbuzenstvo ve Vídni. Rozvíralo se jako kniha. Na jedné straně se skvěla rodina ženicha JUDr. XY s chotí XY, rozenou von Sternberg. Oznamovali, že jejich syn MUDr XY bude toho a toho dne oddán s MUC Elenou Kožuchovou. Na protistraně se krčil přednosta stanice v Hronově - Juraj Kožuch v Žilině s chotí Martou, ženou v domácnosti. Elena za to oznámení nemohla, brala to sportovně, byla to prima holka. Chytrá jak liška, a ten její také, doufám, že se jim ve Vídni dobře daří. Mimochodem měla Elena krásné svatební šaty a nezištně je půjčila mé sestře, které také moc slušely, takže díky nim byla na své svatbě konečně za PRINCEZNU.

Tak to byla naše skupinka na Hygieně. Nakonec prakticky jenom já, a to ještě napůl a odrodilá v Německu, jsem se hygieně věnovala. Ona to byla prima lékařská fakulta, od 3. ročníku jsme byli na Vinohradské klinice, absolvovali jsme výuku ve všech klinických oborech a složili ze všech státnice. Navíc jsme my, medici z Hygieny, dělali i státnici z pracovního lékařství. Hygeia, lépe Hygieia byla dcera Asklepia a bohyně zdraví. Za první republiky a všude ve světě jsou zdravotní úřady, jen za socialismu v Čechách se přejmenovaly na Hygienické stanice. Blbé na tom názvu je, že si to normální občan plete s osobní hygienou a se sanitárními zařízeními. Proto jsem byla docela ráda, že jsem v Hannoveru pracovala opět na Gesundheitsamtu - Zdravotním úřadu. Nevím, kdo si to vymyslel, ale koncept Hygienické stanice byl určitě ze Sovětského

Svazu, i když nemají v ruštině „H". V Německu jsem díky hustě popsanému indexu od primáře dětského oddělení dostala aprobaci v sociální pediatrii a dorostovém lékařství, a mohla se věnovat jen prohlídkám dětí, očkování a dětské poradně. O prostředí, a to i v jeslích, školkách a školách se v regionu Hannover stará oddělení Životního prostředí a hygieny, zaměstnává technické odborníky a vede ho jeden lékař. Z mého obvodu jsem vždy dostala jen oznámení, že bude třeba důkladně sanovaná nějaká škola kvůli překročeným hodnotám azbestu, případně formaldehydu. Jaká úleva, že jsem se s tím sama nemusela zabývat. V ČSSR to stejně nebylo nic platné. I když jsme našli o x jednotek překročené nejvýše přípustné hodnoty čehokoli, tak to vzalo do rukou OV KSČ a bylo většinou po ptákách.

V každém případě se jméno Hygiei skví na začátku Hippokratovy přísahy každého lékaře:

Přísahám při Appolon, lékaři, a při Asklepios, HYGEIA a Panakeia....

Panakeia je bohyně medicíny.

My jsme při promoci řekli jen: spondeo ac polliceor (zavazuji se a slibuji). Na víc by nám ta starořečtina a latina jako nepovinný předmět stejně nestačila. Ale díky za to, alespoň jsme rozumněli té latinské a řecké terminologii a nedopadli jako ruští kolegové, kteří mají celou odbornou terminologii v ruštině a s žádným doktorem na světě se nemohou domluvit. Mně utkvěla v hlavě „mošonka s jajčikami", což je varle. Není to k popukání? Žádný kolega z Ruska nedostane v Německu aprobaci, musí na kliniku a doučit se tu řecko-latinskou terminologii. Dobře jim tak.

Na konci mé lékařské činnosti, po dvanácti letech v Děčíně, z toho jsme byli dva roky v Tunisu a po dalších dvaadvaceti letech v Hannoveru se raduji z toho, že jsem nikomu neublížila. Posledních deset let jsem ještě privátně spolupracovala na Reisemedizinische Beratung–und Reiseimpfung, čemuž se v Čechách říkalo tropická medicína, ale to není přesné, neboť my jsme vypravovali turisty i do jiných zemí než tropických. Když jsem tak brala do ruky očkovací průkazy těch cestovatelů , tak jsem skoro v každém našla pár razítek ode mě, a to z jejich dětství. Vždy mě to zahřálo u srdce, pár jsme jich ochránili od infekčních chorob, hlavně jsme se pěkně obuli do hepatitidy B a to mě moc těší. K tomu pár začínajících melanomů, skolios, srdečních vad a očních vad, které jsme s mými asistenkami poslaly včas do léčení. S ostatními diagnozami už byly děti většinou dávno u odborníků. Je to skromná bilance, ale Gott sei Dank za to, jak říká můj vnuk. Z těch nespočetných očních testů, většinou negativních nebo vedoucích k brejličkám, jsem se nejvíc radovala, když se nám ještě podařilo zachránit nějaké dítě od centrální slepoty. Juchů! To se totiž stává u nepoznaného nebo zanedbaného, i nepatrného šilhání, mozek prostě vyřadí jinak ZDRAVÉ oko, neboťse nechce zabývat s dvojitým viděním. Po šestém roce dítěte už se s tím většinou nedá nic dělat, celý život může ten potrefený používat jen jedno oko.

Úplně prima byla možnost posílat děti ze sociálně slabších rodin a s náchylností k častým infektům na léčebnou kůru na Ostfriesische ostrovy. Nejen že se tam otužily, ale často poprvé v životě měly možnost pravidelně zdravě jíst a to u stolu s ubrusem a příborem, koupat se v moři a hrát volejbal na pláži. Bohužel už to teď není tak jednoduché. Zdravotní pojišťovny musí čím dál víc šetřit. A dnes mohou kolegyně poslat do lázní jen děti SKUTEČNĚ už nemocné. Škoda. S radostí vzpomínám, jak mi jedna matka přišla vynadat, že její syn po kůře odmítá jíst chipsy u televize z pytlíku a vyžaduje OPRAVDOVOU večeři u prostřeného stolu. Doufám, že vydržel. Také jsme děti neustále poňoukali, aťzakazují rodičům kouřit v bytě, nebo alespoň tam, kde jsou děti. Měli jsme k tomu osvětové programy, děti se při nich dozvěděly, že kouří vlastně s nimi a jak to škodí jejich zdraví. Statistika potvrzuje, že to něco přineslo. Co budou dělat jako dospělí, to už je jejich věc.

Abych to nezlehčovala, nejsmutnější byly nejen opožděné vývoje, deprivační syndromy, ale hlavně zneužívání dětí a násilí na nich. Měli jsme výhodu před všemi kolegy s praxí, že když školka nebo škola nahlásila podezřelé stopy na dítěti, mohli jsme ihned praštit se stetoskopem, vypnout PC, a jet se na to podívat. A když to bylo nutné, směli jsme dítě s pomocí oddělení sociální péče ihned odebrat z rodiny. A nemusely to být jen podlitiny, spáleniny cigaretou, ale i to, že holčička za žádnou cenu nechce na toaletu, protože si odmítá sundat kalhotky. Víc, než ti násilníci s jejich výmluvami, že je to normální v Africe, že otec zaučuje dceru v sexu, mě ničily ty matky, které se stavěly slepými a hluchými, jen aby neztratily manžela a nebyla ostuda. V těchto několika případech, kterých naštěstí nebylo mnoho, se mnou žádná legrace nebyla a bojovala jsem jak lvice. Ty děti byly sice zpočátku nešťastné, protože byly vyrvány od rodičů a děcka vždycky doufají, že se to zlepší a z lásky k nim nebude opakovat. Pochopitelně marně. Jen jedna jediná dívka mi přišla jako dospělá poděkovat. Nevadí, tady nejde o kvantitu.

Musím se přiznat, že když teď každý začínající rok zatápíme na chatě v krbu vyřazenými záznamy po deseti letech, tak dlouho se totiž z právního hlediska musí uchovávat, tak si oddechnu a raduji se. Zase jeden rok v suchu, žádné trestní oznámení pro zanedbání, nebo poškození po očkování. To jsou ty radostné stránky DŮCHODU.

Abych to nezakřikla, ještě mám pár krabic v kůlně.

Babičkovské dobrodružství

Pětiletá vnučka mi začala v autě vyprávět, jak byl její tatínek chudý, že měl jen jednu hračku, a to panenku, kterou si ještě sám musel vyřezat. Málem jsem přejela červenou. Její tatínek je totiž můj syn a tuhle historku znám, tu jim vždycky vyprávěl jejich táta, kdy už zase jako děti rozbily nějakou hračku. Když šlo opravdu do tuhého, když děti rozsekaly víc hraček, tak přišla historka číslo dvě: já jsem neměl vůbec žádnou hračku, musel jsem si hrát jen s vlastními prstíky. To už děti skoro vzlykaly. Tak hned večer volám synka, takže ty kopíruješ tátu a vykrádáš jeho pedagogické příběhy!? No jo, vzpomněl jsem si na to, když Carlotta už zase začala vykládat, co by si všechno přála k narozeninám, a to měsíc po Vánocích a narozeniny má až v červenci. Nám se zdálo, že i naše děti měly dost hraček, ale proti plným dětským pokojům vnuků to bylo minimum. Vešlo se to vždycky do nějakého toho koše, jen železnice stála na chalupě na půdě nastálo. Nejstarší vnučka má v Mnichově nad postelí a v posteli takových plyšových zvířátek, že by se jimi zabydlela, v případě že by ožila, celá zoologická zahrada. K tomu plný regál Lega, panenek, poníků a hodně knížek, vše řádně uklizené a srovnané. Už je to školačka. U těchto hannoverských dětí vejdete do holčičího pokoje a skoro se nemůžete pohybovat. Půl místnosti zabírá hrad, třetinu maňáskové divadlo, další třetinu prodej potravin všeho druhu, v rohu se tyčí věž pro poníky a mezi tím vším jsou poházené panenky, kočárky a plyšáky. Boxy na hračky vlastní pochopitelně též, ty jsou naplněné ostatní drobotinou. Vyšší plochy jsou zaplněné knihami, cédéčky, sponkami a gumičkami do vlasů, andělíčky a diadémy princezen. V postýlce trůní největší poklad - ušmudlaný, potrhaný, několikrát pozašívaný Wufi. Bez Wufiho nelze usnout a nesmí být zapomenut, pokud se jeho majitelka odebere do jiné ložnice, třeba k babičkách a dědům nebo na dovolenou. K tomu visí ve skříni růžové princeznovské šaty, Sněhurka a nový výdobytek - Rapunzel-Locika. Tyto poklady se hromadí nejen díky rodičům, ale dvojímu vydání babiček a dědů, několika sadami tet, strejdů a přátel, kteří přijdou na návštěvu. Takže je nejvyšší čas, že se na scéně objevila VYŘEZANÁ PANENKA. Já jsem babička na čtení a hraní pohádek. Popelka, Sněhurka už zmizela v propadlišti dějin, TEĎ je aktuální Rapunzel, Král lvů a Doba ledová. Já představuji královny, čarodějnice, lvice, mamutice a případně i jejich mužské protějšky. Vnučka je mimino, případně mládě a pak ta PRINCEZNA, která z toho vyroste. Když nastane v příběhu čas dospělosti, tak letí do svého pokoje a objeví se ve zlomku vteřiny jako princezna, včetně korunky, nebo diadému. Je to v naprostém rozporu k času, který potřebuje, když se má přezout po školce do domácí obuvi. Nyní naše představení dostávají zajímavé dimenze, když její dvouletý bratr chce být také princezna. Spouští z věže (schodiště) jeho centimetrové vlásky a šišlavě volá v dvojité roli princezna-čarodějnice: „Rapunzel, Rapunzel, lass deine Haare runter…" To jsou ovšem pouhé výjimky. Jinak se věnuje svému parku těžkých pracovních vozidel. Jeho pokoj je též plný, a to bagrů, náklaďáků, míchaček cementu, tahačů, traktorů, zdvihačů a jeřábů. V tomto smyslu se teď změnil i jeho čtenářský vkus. Dětská říkadla nahradila technická odborná literatura. Sama jsem překvapená, co všechno umí bagr a jeřáb. V této strojní traktorové stanici sedí v jednom z triček s obrázkem bagru. Tento strojový park s doprovodnou literaturou a pracovním oblečením je výsledkem třetích Vánoc v jeho životě. Co si přeje Emil? Bagr, tričko s bagrem, náklaďák, jeřáb, míchačku. Znásobte si to počtem příbuzných.

Poslední aktuální absurdní příhoda se odehrála po masopustu. Naše Rapunzel byla tak rozjetá, že šla i další den do školky převlečená za princeznu. Táta nekladl odpor, stejně by asi prohrál. Já ji přijdu odpoledne vyzvednout: Carlotto, rychle se převlékni, jdeme do kina na Malé Vampírovy sestry, na které se tak těšíš. „Juchú," raduje se Rapunzel a ztuhne. „Já tu ale nic jiného na převlečení nemám." Času nebylo, tak byla v kině za princeznu. A nejen v kině, ale i v metru a po cestě domů. Lidi sice koukali, ale ustály jsme to obě. To nebylo nic proti Zemi dobrodružství. Tento zázrak máme v naší satelitní vesnici. Když jsou děti u nás a ptáme se, co budeme dělat, tak svorně křičí Abenteuerland. To je velká hala plná trampolín, skluzavek a toboganů, k nimž se dostanou dobrodužnou cestou přes různé překážky. Vnučka už to zvládá sama, ale s tím prckem musí babička přelézat kopečky, prolézat díry a tunely a přidržovat ho na obrovské skluzavce. Také musím střílet soft míčky z takového šíleně hlasitého děla. Skákat na trampolíně už odmítám, když jsem poprvé plná odvahy skočila, tak mě to vymrštilo až nad ochrannou síť, měla jsem výhled přes celou halu a to mi už stačí do konce života. Při poslední návštěvě si žádala mé pomoci i Carlotta. „Babi, já se tam poprvé sama bojím, jela bys se mnou tím toboganem?" Tak jsem prolezla různými dírami asi čtyři podlaží a koukám do toho tunelu, copak vešla bych se tam, ale ono to má spoustu zatáček a tam bych pravděpodobně uvízla. Tak jsem Carlottu musela zklamat, ale když slyšela, že by třeba museli přijet hasiči a babičku vyřezat z toboganu, tak přestala naléhat. Příště se snad odhodlá sama. Tobogan na koupališti jsem zvládla. Ten je ale otevřený a nekroutí se tak. Bylo to ale také velké dobrodružství. Přede mnou jela vnučka Alyson, ta je jak pírko, za ní její máma, jako dvě pírka a prý: „Babi, nech nám trochu odstup, ty máš větší zrychlení." To byla taktní narážka na mou hmotnost. Tak jsem počítala do deseti, ale ouha, na posledním metru jsem je obě dohnala, vyrazily jsme všichni tři jak koule z kanónu, tak daleko a hluboko ještě v bazénu nebyly.

Po dnech plných akcí jsme všichni pokaždé rádi, že nastal čas odebrat se do postýlky. Tradičně ukolébávám, jako kdysi své děti, i vnoučata jímavou písní Hajej můj andílku, hajej a spi. V případě úspěchu, dávám k dobru ještě Spinká, spinká, mandelinka. Tím končím, víc ze mne nedostanou. Není také co. Všechna děcka sice úspěšně usínala, ale až u posledního vnuka Emila se mi dostalo při jeho poslední návštěvě nečekané odměny. Najednou si vyndal dudlík z pusy a spustil se mnou duet. Umí to všechno doslova, i „děťátko a broučku malej", byla jsem naprosto dojatá. Konečně vzešlo jednou sémě, které jsem léta sila. Já to mám, mimochodem, také od mé babičky a netušila jsem až do návštěvy Smetanova muzea, že děti krmím klasikou. Zmáčkla jsem v tom muzeu knoflík s nejznámější árií z Hubičky – a co se linulo z reproduktoru? HAJEJ MUJ ANDÍLKU, hajej a spi… Tak prosím, třeba to bude jednou Emil zpívat svým dětem. Nejsem si ale zcela jistá, jestli ví, o co jde.

Moje jediná česká matka v Hannoveru - bohémská Jana

Moji jedinou českou matku v mém obvodu Hannover-Jižní město, Dören, Mittelfelde, Bemerode jsem poznala přes její děti. Prohlížím 4. třídu v Dören, když se zase jednou jednomu dítěti udělalo špatně poté, co jsem mu píchla DO kůže tuberkulinový test. Zdůrazňuji DO kůže, to je ta nejšetrnější injekce, která existuje, to ta POD kůži už je o něco nepříjemnější. Pokud se někomu udělá špatně, tak je to z psychických důvodů, ze strachu, nervozity. Časná alergická reakce nebo jiné komplikace jsou vyloučené. S obavou jsem se rozhlédla, jak na to reagují ostatní děti. Je to totiž „nakažlivé". Když je to jen jedno děcko, tak se nic neděje, pokud jsou jich víc než tři, tak následuje skoro celá třída. Toto hromadné omdlévání vyděsí učitelky. Ty reagují pak většinou hystericky: proboha, co se to děje? Jsou snad otrávené? Mají anafylaktický šok? Máme volat rodičům? A lítají poděšeně jak vyplašené slepice po třídě. To děti moc neuklidní, naopak, kdo se ještě držel, kácí se neprodleně k zemi. Tak provádíme autotransfůzi - nohy v poloze na zádech do výšky, měřím tlak a puls, ti, co mají nízké hodnoty dostanou kapičky, po kterých se všichni zázrakem uzdraví, psychika je holt mocná čarodějka. Jen jedna holčička, taková moc hezká, v uchu jednu barevnou visací náušnici už v deseti letech, se nemohla ze „mdlob" probrat, přitom tlak i puls normální, ale aby mi ty ostatní děti opět nestrhla, tak jsme ji nechali odnést na ošetřovnu. Když bylo po všem, tak se za ní jdu opět podívat. Holka zcela v pořádku, puls dobře plněný, krevní tlak normální, ale oči dramaticky zavřené. Koukám do papírů - Lucie Trávníčková. Tak povídám tvrdě: Lucinko, moc to na mně nefilmuj, nic ti není, doufám, že rozumíš česky? Ta se tak lekla, až vykulila očka a hned byla zcela fit.

Dva roky poté prohlížím opět třídu, a už v seznamu mě zarazí jméno Jaroslav Trávníčková. A on je ten Jaroslav evidentně kluk jak buk, učitelky nechápavé, no matka samoživitelka se jmenuje Trávníčková, už jsme měli Lucii, ta se také jmenuje Trávníčková, tak kluk také, né? Pokusila jsem se jim to vysvětlit, ono je to v Německu těžké pochopit, zvláště když mizí některá písmena, jako *e* z mužské varianty Trávníček. Když něco, co tam bylo, mizí, tak se s tím německá důkladnost těžko vypořádává. Zavolala jsem jeho matce, a ona to byla velmi sympatická, vystudovaná i činná grafička a malířka, ale taková ne moc praktická umělkyně. Cože, on se jmenuje Jarek Trávníčková, to jsem si ani nevšimla. Musíte to na matrice nechat změnit, hučím do ní, nebo z toho bude mít v pubertě posuny. Doufám, že už se Jaroslav, teď dávno dospělý chlap, jmenuje Trávníček. Ono to jako tak není pro Němce jednoduché jméno, háčky, čárky časem zmizí a vyslovuje se to Trafnicek. Horší je ovšem Žemlička, ten se změní na Cemlika.To jen tak na okraj.

S matkou Janou jsme se spřátelily, často se pak zastavila v ordinaci, nebo já jsem u nich vykonávala služební domácí návštěvy. Obývák se mi proměnil léty v galerii Jany Kosmanové--Trávníčkové, dokonce mi ilustrovala i obálku na moji druhou knížku. Její díla jsou většinou suchou jehlou provedené krásné přírodní motivy, hlavně stromy, které mi učarovaly. Některé Janiny stromy mají suky, které ve vás ihned vyvolají asociaci ženského přirození a ulomené větve, které vypadají jako ňadra. Když to manžel Janě naznačil, tak se podivovala: Neříkej, to jsem si ani nevšimla. Je to někde v jejím uměleckém podvědomí.

V tomto nepraktickém duchu probíhala i Janina emigrace. Jana navštívila s malými dětmi přátele v Hannoveru, po několika měsících se rozhodla opustit bohémského manžela i reálněsocialistickou vlast, ale na žádost o politický azyl už bylo pozdě, o ten se musí zažádat neprodleně po překročení hranice. Toho si Jana zase tak moc nevšimla, takže má stále českou státní příslušnost a v Německu je „trpěná", což pro ni i děti pár let nebylo jednoduché. To, že Jana vlastní český pas má dnes dobrou stránku, neboť jezdí do rodné Prahy ne jako turistka, ale domů. Když její děti po sametové revoluci poprvé shlédly už dospělejšíma očima rozsvícenou Prahu, tak volaly: Mami, jak jsi mohla tak krásné město opustit? Ale vybudovaná síť nových přátelských a pracovních vztahů je přece jen nepustila z Hannoveru. Nejen ji, ale i její dospělé dětí drží nad vodou heslo Josefa Kajetána Tyla: Víru měj a pamatuj, v dobrých rukou osud tvůj. Což je zvláště pikantní, neb je prakticky ateistka.

Bratranec René

Můj bratranec René si potrpí na mindráky. Za jeho komplexy méněcennosti může jeho otec, náš milovaný strejda Vašek. Zatímco na nás, holky, byl jako máslíčko, Renouška jen deptal a kritizoval. Vše, na co sáhnul, bylo špatně. Asi ho chtěl mít vychovaného k „svému obrazu". René o sobě neustále tvrdí, že je blbec, ale není, jinak by jako všichni pitomci prohlašoval, že blbost je všechno, čemu nerozumí. Jinak je to hodný hoch, který miluje svou maminku, manželku, sestru a nakonec nás všechny. K manželce přišel až ve zralejším věku jako třiatřicetiletý, podobně jako jeho bratranec. To už se naši mazánkové přece jen dokázali odtrhnout od maminek a za pět minut dvanáct si najít partnerku.

Reného svatbu znám jen z videozáznamu. Naštěstí! Být tam osobně přítomná, dostala bych zaručeně jeden z mých nechvalně známých záchvatů smíchu. Obřad se konal těsně po revoluci. Oddávající, ještě stará struktura, komunistický poslanec Bednář, se za přísného dohledu místopředsedkyně městského úřadu a členky OF, jinak sestry ženicha a svědkyně, snažil promlouvat k páru v novém duchu, bez prázdných socialistických žvástů. Na počátku obřadu před ním stál vytrčen před svatebčany pouze ženich, celý v bílém, totálně nervózní, podpořen několika panáky. Všichni napjatě čekali, až přivedou nevěstu. Konečně byla za zvuku svatebního pochodu od Mendelssohna přivedena k ženichovi. Ten se na ní podíval, viditelně sebou cuknul a údivem pootevřel ústa. Nevěsta byla zmalovaná nějakou šílenou vizážistkou na Marfušu ze slavné pohádky o Mrazíkovi. Ženich sice neutekl, ale viditelně v šoku si s námahou doposlechl svatební řeč, a když po výměně prstenů byly novomanželům a oddávajícímu podány tři skleničky šampaňského, tak tu svoji popadl a rychlostí blesku jedním lokem vyzunkl. Teď se pro změnu vykulil obřadník a konsternovaně se otázal: To si ani nepřipijete s nevěstou? Rychle byla přistavena další sklenka a to už ženich vydržel, přiťukl si s ženou i s úředníkem, ale sklenka v něm opět zmizela jedním lokem. Když jim poté byly ty poháry odebrány, tak mladí manželé ztuhli jak v Šípkové Růžence po naplnění kletby. Oddávajícímu nezbylo nic jiného, než taktně pošeptat: Teď už se můžete otočit. Tak se tedy otočili. Ale ne do sálu, ale ke zdi, jako když očekávají popravu zastřelením. Svatebčané museli pěkně syčet, než to pochopili a byli schopni přijímat blahopřání a správným směrem opustit svatební síň.

Nevěsta si smyla barvičky z tváří, ženich ji opět poznal - a už to spolu válčí 22 let. René je šťastný. Dole v domě žije máma, nahoře „mladí". Když Renoušek přijde z práce, jde si nejdříve pokecat s maminkou. Odloží si u ní služební tašku, aby měl ráno záminku mrknout se na rodičku, zdali je v pořádku a jestli ještě dýchá. Jeho *holky* si rozumějí. Mají totiž každá vlastní kuchyň a koupelnu, což je základ dobrého vztahu tchyně a snachy. Ještě šťastnější je Renda, když se staví sestra Standa. Bevanda, červené víno s vodou, teče proudem a probírá se život. Bratrovy stesky: My se nikam nedostaneme, co ty už jsi, ségro, procestovala, a my jak blbci pořád jen do Úštěku, inspirovaly sestru a mámu k vánočnímu daru - složily se na zakoupení zájezdu pro mladé do Chorvatska. Konečně nastal ten kýžený okamžik. Žádný Úštěk! Jedeme k moři! Já jim k tomu přenechala skořepinové kufry, které přečkají ve zdraví nejtvrdší zacházení, ale nejsou nejlehčí. Konečně seděli v autokaru. „Máš pas?" informoval se úzkostlivý manžel. „Prosím tě, nestarej se!" odsekla Jituš. Na slovinské hranici přišla studená sprcha v podobě chorvatských celníků. To ještě nebylo Chorvatsko v EU. Jediné, co Jíťa vyštrachala, byl průkaz, že je od roku 2002 zaměstnancem České pošty. Tak to nestačilo, a nešťastnice musela opustit autobus. Věrný manžel vystoupil s ní, i když sám pas s sebou měl. Neopustil ji, ani ji na místě nezabil.

Nejdříve chtěl rozšlapat ty kufry a vydat se nalehko stopem domů. Ale jak už bylo řečeno, tyhle kufry přežijí i pád letadla a tudíž tudy cesta nevedla. Vzpomněl si, že má v jednom kufru lahvinku vodky, tak ji do sebe obrátil, uvolnil se a slovinští celníci, mající s nimi slitování, je nechali vyklimbat do úsvitu na těch nešťastných kufrech. Za raního kuropěnní si stopli taxíka do Mariboru a pokračovali vlakem přes Vídeň do Prahy. Konečně viděli kus světa, ale při okamžité cestě nazpět ho zrovna vidět nechtěli. Tenhle špás je stál 260 €, skoro celé kapesné. Včetně špaget v Mariboru, které ale nestačili do zahoukání vlaku sníst. Po 24 hodinách cestování uviděl přešťastný Renda konečně rodný Děčín a rodný dům. Teta, jeho máma, byla na omdlení. Co tu proboha děláte? Tak jí to barvitě vylíčili. Zase doma! radoval se nešťastný cestovatel. Ale ne na dlouho, jen do večera. Přihnal se aktivní švagr a prý: Podařilo se mi vás dostat do zítřejšího autobusu. Ještě, že máte kufry na nádraží. Našim turistů vrhkly slzy do očí. Ale ne štěstím. Tak to trochu jinou trasou projeli až na chorvatskou hranici a mající pasy, byli konečně vpuštěni do toho ráje. „A jak se vám tam líbilo?" vyzvídám zvědavě. „Moc ne. Bylo tam dost mrtvo. Moře jo, ale ta pláž! Samý šutr, dokonce s úlomky dlaždic. A ty umělohmotné nadnášející boty! Nohy nahoře, hlava ve vodě. ZLATÝ Úštěk! Už si nebudeme nikdy stěžovat. A víš, že je teď dokonce pod Unescem? Na rozdíl od Omniše."

„Ale ten je také slavný," zasahuje dotčená sestra Standa. „Omniš se nepodařilo nikomu okupovat. Dokonce ani Turkům ne!"

Františkovy Lázně

Františkovy Lázně nejsou lemovány panelovými mrakodrapy jako Karlovy Vary, ale hlubokými lesy a zapadlými vesničkami v lukách, na kterých se pasou veselé kravky, ovce a kozy. Když jsme opět projížděli takovou osadou asi s deseti chalupami a jedním statečkem a na GPS jsme s hrůzou spatřili, že máme pouhých tři a půl km do našeho hotelu, tak jsem začala být značně nedůvěřivá a už jsem si v duchu představovala, jak se z hotelu Imperial vyklube vesnická putyka v další vísce. Ale chyba lávky! Přejeli jsme vozovku vyššího řádu přímo do lesoparku a náhle se před námi, ozářené slunečními paprsky, vylouply krásné lázeňské i obytné domy, vše provedeno v zářivé smetanové žluté s bílým zdobením, balkónky samý secesní věneček a pnoucí břečťan, štuky a karyatidy v chitónu jako v antickém Řecku. Ty nejvznešenější dámy nesou na hlavách náš balkón v hotelu Imperial, mimochodem nejkrásnější balkón v celých Františkových Lázních.

Nejznámější pramen bublal dávno před založením Lázní jako Egerbrunnen (Chebská studna) a jeho mírně nazrzlá a perlivá voda se prosadila jako zázračně léčivá a byla donášena nosičkami minerálky do Chebu. Kupodivu chutná i po třech stoletích docela dobře. Cheb začal budovat první lázeňské domy a hospody, ale mít pramen tak daleko za městem bylo přece jen podivné a málo atraktivní. I byla kolem něho vybudována první jímka, která ale padla za oběť rozezleným nosičkám vody, které se právem obávaly o svůj job. Pokrok se ovšem většinou nedá zastavit, nová jímka byla už nejen stabilnější, ale i krásnější a zastřešená, podobná nynějšímu Prameni. Sám císař František I. propůjčil prameni své jméno, kolem začaly růst jako houby po dešti obytné a lázeňské domy, první lázně s uhličitou koupelí, kolonáda a promenády s hudebními pavilóny, kavárnami a restauracemi a byly tu Františkovy Lázně, zrozené v roce 1793. Když si dámy ráno protřely očka, byly tu již služebné s čerstvým pečivem, káva voněla a balkónky se plnily. Po snídani se dámy odebraly do lázní, sledovány šlužtičkami s ručníky, župánky a mlsky. Odpolední promenáda se liší od té dnešní jen oblečením, atmosféra je ta samá. Pohodová, klidnější, než v jiných větších lázních, ale nikdy provinční, jen evokující relax pur.

Císař František I. nechal ještě v romantickém pobloudnění zbudovat pro jeho Zitu svatostánek, z kterého se vyloupl Hotel Imperial. Při pohledu z vnitřních galerií na vznosné schodiště se zábradlím zdobeným barokními andělíčky objímajícími lampičky, je vše odráženo a zdvojnásobeno v křišťálových zrcadlech ve zlacených barokních rámech. Přenesete se tak snadno do 18. století a dýchne na vás nostalgie. Ani komunističtí novátoři se neodvážili zničit tuto krásu, nejspíš si ji tu sami užívali. Ti si troufli jen na chudáčka Františka číslo II. Malý František číslo I. se stal symbolem Lázní, které se etablovaly jako léčebna neplodnosti. Teplé slatinové zábaly a ošahávání penisku sošky dělaly divy. Myslím ale, že hlavní zásluhu měli lázeňští Don Juani, kteří se starali o rozptýlení nešťastných žen toužících po dítěti. Před léty jsem ve Fratiškových Lázních brigádničila po maturitě pár týdnů jako servírka v Lázeňském domě Pawlik. Tam se stále drbalo o „černouších" a já jsem se naivně ptala, jací černouši, vždyť je to tu samý běloch. Slatina je holt černá a dostane se do každého otvoru. Černouši byly vlastně první vlaštovky asistované reprodukce, neboli dárci spermií. Hlavně, že měla *léčba sterility* úspěch. Všichni si přišli na své a s DNA testy se ještě nikdo netrápil.

Prvního Františka najdete už jen v muzeu. Žádný krasavec to není, víc než baculatý je oteklý a silně připomíná patologický stav zvaný Hydrops fetalis, daň nesnášenlivosti rozdílných Rh-faktorů. Díky Bohu dnes úspěšně léčitelné. Druhý František vznikl za reálného socialismu a kupodivu byl roztomilý. Bylo to normální batole, jako mnoho krásných kluků v jesličkách. Tak ten hošík urážel nějakého pablba svou nahatostí a ošahaným penýskem i zmizel tedy v propadlišti dějin. Možná ho má nějaký bývalý komunistický funkcionář, nyní tunelář, na své zahradě za vysokou zdí. Soška byla nahražena matkou s dítětem, matka i dítě vzorně zahaleni. Ta se vůbec neujala, nikdo si jí nevšímal a tiše byla odstraněna. František číslo III. je opět proveden v bronzu, je nahatý a třímá rybičku, symbol plodnosti. Obličej má sice takový staromladý, ale jinak je roztomilý. Důrazně se propaguje, že chtěné těhotenství zaručuje sáhnutí na palce u nožiček, ale František má stejně nejvíce oblýskaný penýsek. S těmi palci je to přece jenom taková divná symbolika.

To všechno sebral čas a dnes se stejnou vodou

a slatinou léčí převážně klouby a srdce, ale v 21. století existují daleko účinnější operativní metody a lázeňské léčbě zbývají pouze pooperační a rehabilitační procedury. A těžiště lázeňské péče se nezadržitelně přesouvá do oblasti wellness. Stresovaným, křečovitě bolestivě staženým svalům a duším přinesou tyto lázně a jejich atmosféra více, než opékání se u moře.

Hotel Imperial je možná ještě krásnější než v tom 18. století, ke každému pokoji byla totiž přistavena krásně vybavená koupelna s vytápěnou podlahou a dokonce s bidetem, ty já prostě zbožňuji. Ta krásná slupka ovšem ještě nedělá hotel Imperial. Ten dotváří hlavně jeho personál - od recepčních přes sestřičky a lázeňské, až po kuchaře a servírky. Všichni jsou profíci v pravém slova smyslu, což ulehčuje první kontakt a hladký průběh dění. A když se dostanete pod ten profesionální nátěr, tak si i teple lidsky popovídáte. A česky! Například se dozvíte, kam na houby. Klientela v hotelu Imperial se skládala během našeho pobytu z pěti Čechů, z toho čtyři na baterky, prostě emigranti a jedna pravá Češka, kolegyně, která byla po bouračce autem. Jinak převaha Němců, většina bývalých Ossis. Jen velmi málo ruských občanů. Jsouce v menšině, chovali se defenzivně. Personál mluví dobře, až velmi dobře německy. Rusky se snaží, host je host, ale je to většinou taková ta ruština z filmu Pelíšky typu „ja bydlaju". Nechtěně jsem si vyslechla konverzaci vrchní sestry v ruštině: „Podaždítě, jste tu moc skoro, ty procedury – jeden, dva, tri se budou opakovat každyj děn." Rusové zbožně naslouchali a neprotestovali. NÁDHERA!

V krásném aquaforu, pro hosty Imperialu v ceně, a pár kroků přes park jsme se stali svědky líčení jednoho makléře. Prý si milostpaní z Ruska žádala exkluzivní apartmá, ale jen s výhledem na moře. Asi četla Shakespeara. Další dáma chtěla jen pokoj s vanou. To nebylo tak jednoduché, všude už jsou většinou sprchové kouty. Ale našel se, samozřejmě, dáma přišla na prohlídku a prý: eto ta vana? Byla nadšená a pokoj ihned vzala.

Na naší kůře ve *Frantovkách* bylo krásné i to, že jsme se setkali s příbuznými, pokecali, popili a pojedli, což nás sice úplně zničilo, neb manželka mého bratrance dokázala naservírovat na stůl deset chodů, všechny super chutné, koukala jsem na to jako blázen. A hlavně mě iritovalo, že prý všude kolem rostou HOUBY. I na baru v hotelu bylo aranžmá s hříbky a modráky. To už mě úplně vytočilo do tranzu i vyrazili jsme do přírody. Ocitla jsem se v houštinách houbového lesa, prodírala se mezi větvičkami v mlází a skutečně jsem mezi četnými prašivkami našla i pár modráků a kozáků. Dostala jsem se do extáze podobně jako jelen v říji, až jsem se probojovala k vyšším jehličnanům, ale ouha, byly za drátěným plotem. Zabloudila jsem totiž k svému úžasu do lesní školky. Vůbec jsem netušila, jak jsem se sem dostala a teď'babo rad': kudy ven? Tak jsem byla nucena ten plot přelézt. Byl to pohled pro bohy. V jednom drátěném oku mi uvízla bota, obětovala jsem ji lesním vílám a svalila jsem se na druhou stranu. Kdybych si zlomila nohu, visela bych ještě dnes na tom plotě. Manžel byl nedostupný na parkovišti, nikde nikdo. Vypadala jsem strašně. Všude zelené a hnědé pruhy od větví, vše promáčené. Ale už jsem se dokázala zorientovat.

Dorazili jsme k strejdovi Standovi, kde jsem sebekriticky žádala připuštění pouze do sklepa, kam mi, budou-li té dobroty, mohou přinést kafe. Dostalo se mi Jägermeistra naservírovaného v parádním pokoji. Do hotelu jsem se proplížila maskována deštníkem, bundou a taškou s houbami. Houby jsem usušila na dlaždičkách v nóbl koupelně s vytápěním v podlaze. Budou chutnat určitě bezvadně. Co všechno jsme ještě zažili? Promenádní koncert vokální skupiny z Karlových Varů s moc hezky sestavenou směskou. Projížďku Lázněmi vláčkem, kde jsme se dozvěděli, co jsme o městě ještě nevěděli, poseděli jsme v několika kavárnách, nejhezčí je Ilusion, tam mají i maličkosti k snědku. Na tradiční kavárnu na rohu před informačním centrem *Frantovek* můžete zapomenout. Mimo kávy nabízejí jenom dorty, uvnitř je cítit nakyslý kouř a personál je nepříjemný. Celé informační centrum František se dá také vynechat. Vylepené informační materiály dostanete v každém hotelu i hospodě, oplatky si kupte naproti v oplatkárně, kde vám je i propečou a obslouží vás šarmantně i s informacemi. Zato městské muzeum stojí opravdu za návštěvu. Expozice je moc hezky uspořádaná, dozvíte se tam vše o historii Františkových Lázní, nahlédnete do veselých orgií prvních koupajících se hostů, poznáte charizmatické lázeňské lékaře a místní likér Dr. Adlera vám pak bude úplně jinak chutnat. Navíc tam zhlédnete originální sošku prvního nešťastného Františka. V posledním patře je galerie s aktuální výstavou, za nás tam byly grafiky pana Braunera, vtipné to koláže ze starých časů. V Poštovní ulici je ještě jedna galerie. Ale ta je zastaralá, trošku zapšklá, vystavená díla dost hrozná, jen pár fotek stálo za zkouknutí.

Tak jsem to sepsala a dostala jsem ihned chuť znovu navštívit Františkovy Lázně. A už máme rezervaci na příští rok – pochopitelně pokoj 208. Udělejte to také, ale jen když tam zrovna nebudu sedět na balkóně já a koukat mezi karyatidami přes roztomilou francouzskou zahrádku do lesoparku. Navíc má hotel parkoviště hlídané kamerou a jeho zahrada není hermeticky uzavřená. V ní se procházejí nejen lázeňští hosté, ale i mladí rodiče s kočárky. Na závěr jedno varování. I přesto, že jsme měli pouze polopenzi, přibrali jsme dvě kila. Při naší návštěvě tam zrovna pobýval i kritik české kuchyně Pohlreich, my jsme ho sice neznali, ale teď už jsme v obraze. S místní kuchyní prý byl spokojen. Pokud bude tvrdit někde v televizi, že ne, tak to není pravda. Viděli jsme ho, jak si pochutnává.

Teta startka

Moje milovaná teta má v rodině pověst nejhorší vychovatelky. Její dceru prý nijak vychovávat nemusela, ta se vychovávala sama a prý nezlobila. Naší povedené mamičce to tak nepřipadalo, a když jsme něco my holky provedly, tak jsme všechny dostaly pár facek, včetně Stanušky a to byl pro ní vždycky šok. Mamičku to neodradilo, pravila: Netvař se jak nafouklej puchejř, ono ti to neuškodí. Ano, setřenice to zpracovala, a teď už na ty újmy vzpomíná s úsměvem na rtech.

Zato vejškrabek Renoušek jí dával odmalička zabrat. Jako batole nic nejedl, až v noci kolem třetí hodiny budil řevem mámu, že má hlad, tu na špagety, tu na bramborák. Tak teta vstala a požadovanou krmi mu uvařila, či upekla. Odměnou jí bylo, jak to Renoušek krásně spapal. Každý večer ho uspávala zpěvem a vyprávěním, nebyla nadarmo profík, a když zavřel konečně oči, tak se musela tiše vyplížit z jeho pokojíčku. Tuto službu jsme jako starší setřenice párkrát musely zastat a byl to horor. Když po hodinovém vyprávění jsme se konečně odvážily plížit ku dveřím, vždy otevřel oči a spustil: Holky, já vás vidím, ještě nespím. Několikrát jsme ho málem uškrtily. Jako mladík se tetu také pěkně natrápil, ale nyní, po více než padesáti letech je to on, který opečovává se svou ženou maminku a vaří jí, na co má chuť. Takže výjimky opět potvrzují pravidlo.

Zrovna tak, jako děti vychovává teta i svá zvířata. Teď, na stará kolena, má kočku Terezku a ta je jako Stanuška, dělá si stejně co chce a vychovávat se nemusí. Jiná kapitola byl pes Dick. Na tetiny, mírným hlasem pronášené rozkazy pochopitelně nereagoval, zvláště pod vlivem milostného vábení vždy mizel, celé noci se toulal po světě, teta nespala a čekala u okna, až se objeví. Sice se vždy objevil, ale často tak dolámaný, že měl veterinář co dělat, aby ho vyrval hrobníkovi z lopaty. Krásná příhoda se odehrála u nás na chatě. Sedíme v pohodě u kafíčka na terase, Dick seděl tetě u nohou, najednou klap-klap, kluše kolem jezdec na koni. V tu ránu vyrazil Dick za nimi. Teta marně volá: Dicku zpátky, pojď sem, mám tu pro tebe kostičku a podobné rozkazy. Dick pochopitelně nereaguje, běží za koněm a štěká těsně u jeho zadních nohou. Najednou slyšíme příšerný zvuk, přesně jako když praskne lebka. A je po štěkotu, tetě vyhrknou do očí slzy, prý mám po Dičkovi. Tak jdeme s těžkým srdcem sebrat mrtvolu a ejhle, kdo nám kráčí naproti – Dick s krvavou pěnou u čumáku. Pokorně si dřepl na poklop na studni a jezdil si jazykem v tlamě, jako když si počítá zuby. Jdu se podívat, kolik mu jich kůň vyrazil, a světe div se, žádný. Dick má všechny na místě. Moc tomu nevěřil, ještě si je drahnou chvíli přepočítával, pak si hlasitě oddechl a tvrdě usnul na několik hodin. Za koněm už se v celém svém životě nevydal.

Manžel a já se při každé návštěvě staré vlasti snažíme udělat okliku přes „tetu". A už se celou cestu těšíme na její radostné vítání: Jéžíšimarjá, já jsem si vás přivolala, jak na vás stále myslím. A už se vypráví při proseccu nebo metaxe, jediných nápojích, které tetu ještě oslovují. „Zrovna včera už jsem umírala. Ale dnes, když jste tady, tak se mi zase nechce. I když to, jak jsem slepá, mě opravdu ničí. Vždyť já už nic nepřečtu, no podívejte se, co to tady stojí na té flašce, vůbec to nevidím (a slabikuje) ME-TA-XA? No, takhle slepá já už jsem."

„A teto," chválím jí její pěknou na blond nabarvenou frizůru, kdo ti to dělá?" „A to já si dělám sama poslepu. Umím se i ostříhat a si to natočit. Neprotéká na záchodě voda?" Tak se tam jdeme podívat, než se nadějeme a rozhýbeme naše ztuhlé klouby - vyskočí stará slepá teta na záchodovou mísu, bouchne do rezervoáru a hotovo, už neteče.

Také si užíváme jejích rozhovorů s různými nabízeči. Chvilku je poslouchá a pak odvětí: Pane, jaké slevy budu mít za rok mě už nezajímá, třeba budu už zítra mrtvá, vždyť už mi je 85 let! Teta má ohromnou toleranci. Skoro nikoho neodusuzuje, připouští sice, že je třeba ta a ta blbá, ale zato prý je docela hodná. Jen u politiků je nesmlouvavá, zvláště u bývalých komunistů, nyní mafiánů u moci. Také sousedi jí jdou na nervy, jak pořád skuhrají a vzpomínají na bývalý režim, i když se všem do jednoho daří mnohem lépe.

„No jo, on je to samý bývalý partajník, ono se jim to v té zavřené ohradě docela líbilo, byli tam pěkně chránění, všechno se tajilo a cenzurovalo, tak pohodlně věřili novinám a televizi, jak se blížíme pomalu ale jistě do toho jejich ráje. Všem se tenkrát dařilo sice dost bídně, ale všem stejně a tak se nemuselo závidět, že je třeba někdo na tom lépe. I v dnešní době jsou všichni, kdo mají úspěch podle nich podvodníci, i když v dost případech mají pravdu, nikdy ale neslyším", říká teta, „že by někdo připustil, že jsou i lidi schopnější a pilnější a zaslouží si to, čeho dosáhli. To je ta česká povaha! A nejezděte ještě, dáme si poslední skleničku na rozloučenou."

Už se těším na další návštěvu a na to, jak teta řekne: Počkej s tou příhodou, na to si musím jednu zakouřit, vždyť už se na mně stejně nedá nic zkazit. Sice už dávno nekouří Startky, podle kterých ji stále nazývá kamarád Jarda, ale to jméno už jí nikdo neodlepí.

Česká Čína

Spřátelená sousedka nás pozvala k sobě na chatu na večeři. Prý bude specialitka - česká Čína. Když prý se ptá svých dětí a vnuků, co má uvařit, přejí si vždy její čínu. Včetně čtyřletého vnoučka, který při poslední návštěvě jejího letního sídla pravil: Babi, máš to tu nějaké chatrné. Zarazilo ho totiž varování před přidržováním se zábradlí u vstupu, které je letitým vlivem mrazu a sněhu v nadmořských výškách Českého Švýcarska celé rozviklané. Když i toto kritické dítě zbožňuje babiččino mistrovské dílo, tak jsme se celí natěšení dostavili s lahvinkou červeného a v hřejivých paprscích zapadajícího slunce, při oku lahodícím pohledu na rozkvetlé rododendrony jsme ji v naprosté pohodě ve třech vyprázdili. Poté jsme byli Janou vyzvání ke vstupu do kořením provoněné chatičky. Nám se tedy moc chatrná nejevila. „Tak si sedněte, a ty, Míro, otevři po tom Chile ještě české Vavřinecké, ať to vše pasuje a já jdu NA TO!" I zmizela fyzicky za krbem do své otevřené kuchyňky. Hlasově byla ale nadále s námi u stolu. A teď začalo to představení. „Nejprve dám vařit rýži, ta bude za čtvrt hodinky a pak bude na řadě to naložené masíčko. Jéžišimarjá, ona se ta voda vaří klokotem na jiné plotýnce, než mám tu předvařenou rýži. No to to dopadne, jak já teď odhadnu, kdy bude měkká, když je v tom sáčku!? To bude buď nedovařená, nebo převařená.

Že bych byla nějaká připilá? Jsem jak zmatená slepice. A to maso je nějaké tvrdé, vždyť to mám jindy hned měkkoučké. Tak to ještě chvíli podusím, ale to bude ta zelenina rozpatlaná a to maso vysušené. To bude hrůza, to nebude k jídlu. A ke všemu tam mám nějak moc oleje! Tak už jsme v duchu počítali, kolik párků máme doma v ledničce, když tu se náhle Jana zjevila i fyzicky, v jedné ruce vonící čínu, v druhé ruce misku s nadýchanou rýží.

Rýže se perfektně rozpadala a nelepila, maso bylo křupavé a měkké, senzační okořeněné a jakoby v těstíčku, zelenina byla lahodná, česneku tak akorát. Jestlipak byl čínský?

Pěkně jsme si pochutnali, počítám, že to Jana nakonec spočítala podle nějaké chemické rovnice, neboť je povoláním inženýrka chemie. Vavřinecké to zpečetilo, nic nezbylo a Jana se celá uvolněná rozmluvila o životě.

Byl to povedený večer!

Český řemeslník

Jak už na našem těle hlodá zub času, musíme si pro některé řemeslnické úpravy v rámci udržování našich obydlí vyžádati pomoci mladších ročníků. Český odborník vlastní většinou menší firmu, musíte ho trochu uhánět, ale nakonec se po několika telefonátech zjeví, přiloží k dílu i vlastní mistrovskou ručku a pak rozdělí a kontroluje práci svých tovaryšů, učňů a pomocníků. Sobotu, někdy i neděli nesvětí. Když je dílo dokonáno, tak jsme většinou docela spokojeni. Jeho mladší pomocníci často udivují až šokují svým fyzickým vzhledem. Tovaryš má piercing na ušním boltci, ještě všechny zuby a je v dobré kondici. První kvalifikovaný pomocník, tak kolem třiceti let, nemá žádné přední zuby, ale jinak je o.k. Druhý pomocník má absenční výpadky - naboural se prý na motorce. Když je zrovna přítomný jak v čase, tak i v místě, je vstřícný a milý. Je používán na natírání. To je práce, kterou zvládám i já, až na to lezení do štítů.

Na nekvalifikované práce, jako je tahání kamenů, zastřihování přerostlého živého plotu, sháníme dobrovolníky přes sousedy. Pomocníci se rekrutují z místních nezaměstnaných. Ozdobné kameny si obhlídli dva chrabří chlapíci - a už se neukázali. Oba se sice nejdříve těšili, že budou mít dobře placenou práci, ale jeden rychle zmizel v propadlišti dějin, druhý odjel neprodleně na Ukrajinu zúčastnit se ukrajinské svatby, a již se neobjevil. Třetí pravil, že bere jen sekání trávy, a to jen motorovou sekačkou. O její značce se sice nevyjádřil, ale obáváme se, že naši Hondu by asi nebral. Takže raději sekáme sami. Kameny jsme také nakonec vláčeli sami a manžel po té dřině pravil, že už alespoň ví, jak se cítili Burlaci na Volze.

Na štíty a na živý plot se dostavili na doporučení sousedky dva bohatýři. Ani jeden neměl přední zuby, jak nahoře, tak i dole. Špičáky ještě v puse měl, a možná i nějakou tu stoličku. Asi zub moudrosti. Jeden si při jakémsi mysteriózním úraze zlomil lebeční bázi a nyní se doslova pyšnil platinovou destičkou na lebeční spodině. Komplikované zlomeniny pažního pletence a stehenní kosti už mu takovou radost neudělaly, umožnily mu pouze předvádět určité blokády v extrémních polohách.

Pokradmo jsem je pozorovala při práci. Tak ten mladší, bezzubý, lezl po řebříku a natíral, zatímco ten s platinovou destičkou jistil žebřík, hulil, přihýbal si z pivní láhve a radil. Přesto, nebo právě proto, přebíral peníze, že je sám rozdělí.

Další den se již nedostavili. Plot dořezal manžel a pravil, že pokud se „řemeslníci" ještě objeví, pravděpodobně až roztočí výdělek, tak je pošle kamsi. Tak se také asi za týden stalo.

V každém případě ztělesňovali, tedy až na tu zubařinu, vítězství české medicíny nad sebezničujícími se snahami klientů zdravotní pojišťovny.

Drobotiny

Řečové bariéry

Neznalost cizích jazyků, pokud se neprojevuje arogantním způsobem, může být i roztomilá. Alespoň tak nám ji líčil při posledním setkání otec zetě. Pokud se setkání koná u nás, tak je podmalováno nějakou specialitou české kuchyně, kterou preferuje jak náš paratchán, Severoněmec, tak i jeho manželka, rodilá Holanďanka. Rozehřátý nad Havlovým guláškem se duševně přenesl k moři někam do Řecka, kde trávili se ženou poslední dovolenou. Je to dobromyslný pán, kterého jeho samaritánské sklony donutily před léty opustit střízlivé inženýrské povolání, a využít tento svůj potenciál v roli pastora. Rozhlížel se po pláži před hotýlkem. A ejhle, objevil daleko od ostatních, družně se bavících spolucestujících, jednu osamělou dámu, udržující odstup od skupinky. Když se situace po další dny opakovala, tak mu to nedalo a vyrazil k ní. Jal se k ní promlouvat svým pastorským hlasem, nejdříve německy, posléze anglicky, a vyptával se, zdali má nějaké trápení, může-li jí pomoci, jestli se nechce svěřit s tíží na duši nebo se třeba jen vypovídat. Asi po desetiminutovém monologu, když dáma pochopila, že se evidentně nejedná o sexuálního loudila, změnil se její zpočátku odmítavý výraz v zářivý úsměv i pravila:

„Nix verstehen, ich Tschechin." A bylo vymalováno, naučil se od nás za těch pár let pouze AHOJ. To kvitovala ještě zářivějším úsměvem.

Rozdílná postavení k životu

Když z okénka auta zase jednou zpozoruji místního bezdomovce, který celý vychrtlý a ohnutý, ale rychle pochodující podél silnice ve sporém oblečení, které je v zimě v létě stále stejné, vzpomenu si na osobní zážitek sousedky s touto osobností v naší příměstské vesnici Haemelerwald. Ta ho jednou zastihla SEDÍCÍHO na obrubě chodníku před supermarketem a přehrabujícího se v odpadkovém koši. Jelikož slunce svítilo a ona dostala takovou tu všeobjímající náladu, tak nelenila, duši celou rozehřátou myšlenkou na dobrý skutek, i zakoupila mu bohatě obloženou houstičku, croissant, k tomu cappuccino a předala mu tyto pochoutky s líbezným úsměvem. Tedy snažila se mu je předat, očekávajíc vděčný úsměv a díky, ale dostalo se jí jen studené sprchy. „Jo, paničko, to si strčte za klobouk, todle já nežeru, vždyť je to samý tuk!"

Tak to přinesla k nám, zasmály jsme se, ale trochu trpce. Obě máme BMI přes 30. Sice jsme to snědly, ale ani nám moc nechutnalo.

Vánoční dárky

Na rozdíl od většiny spoluobčanů mám ráda Vánoce. Víc než Vánoce zbožňuji advent s Vánočními trhy. Každý rok MUSÍM k nelibosti manžela obrazit nejméně ČTYŘI. Ještě, že máme čtyři adventy! Mám ráda, jak tam voní jehličí, svařák (ten nemusím), vosk svící a líbí se mi nálada přimetených návštěvníků. Kupuji tam jmelí, podle českých zvyků tradujících se v naší rodině, musí viset na Štědrý večer nad stolem a všichni se pod ním musí políbit, jinak hrozí něco strašného, zapomněla jsem už co. Vybírám si svíčky z včelího vosku, jelikož nádherně voní a pak ještě nějakou tu ozdobičku podle trendu této sezóny s přihlédnutím k druhu stromku. Letošní nádheru manžel upiloval na naší zahradě v Rumburku. Jelikož je to stříbrný smrček, musí být ozdoby stříbrné, bílé, tmavě modré a lahvově zelené. Základní vybavení ve všech barvách se za ta léta nahromadilo, jen pro radost k tomu vždy něco doplním. Stejné množství jde zákonitě při zdobení a odstrojování stromku rozbité do odpadkového koše. Vánoce 2012 se řídí diktátem: Žádná lameta, lameta je absolutně passé! Tak to mě vyprovokovalo k shánění *zakázané* lamety. Nebylo to lehké, až v jednom obchůdku, kde prodávají zbytky všeho za 1 euro, jsem měla štěstí. Já lamety také nemám ráda, ale letos mi připadají kouzelné. Pochopitelně to není vše, co miluji na vánočním trhu. Musím každý rok ochutnat teplou žitnou placičku se zakysanou smetanou posypanou hojně jarní cibulkou (Hildesheim), pražskou teplou šunku s kyselým zelím v teplé houstičce (Hannover), pofertjes nebo crepes (Peine) a kachničku v červeném zelí s balsamikem (Goslar). Letos jsem nestihla zapečený fladen s ovčím sýrem a zeleninou (Lister Meile v Hannoveru). A můžu se zase těšit na advent příštího roku.

A už tu máme Vánoce! Kupuji ráda i vánoční dárky. Nebaví mě dávat rodině poukázky na zboží nebo služby, jen když si to někdo výslovně přeje. Třeba masáže, to jo, to je dobré. Ale není nad to, když rozechvěle přemýšlím, co by kterému z mých blízkých udělalo radost. Z oblečení se soustřeďuji jen na luxusnější noční a spodní prádlo. S tím mám už léta úspěch. Až letos jsem narazila. Vybrala jsem nevěstě měkkoučké asymetricky řešené pyjamko v neutrální barvě, ona miluje přírodní barvy. Za dva dny volá syn: mami, mně je špatně. Děsím se: přepadly tě Noroviry? Néé, ale koukám na ženu v tom pyjamu od tebe, tak něco antierotického jsem ještě neviděl. Ó jé, tak to musíme holt vyměnit, šeptám zkrotle do telefonu. Nejbezprostřednější jsou děti, které ihned hlásí, co by si přály od Ježíška, eventuálně od Weihnachtmanna. Pětiletá vnučka princeznovské šaty, dvouletý vnuk bagr a nejstarší osmiletá vnučka společenské hry. Když na Hod Boží přinášíme dárky, které u nás odložil Ježíšek, otvírá nám Carlotta jako Sněhurka. Po hodině se převléká za princeznu v růžovém, za další hodinu za Rapunzel. Emil dřepí v strojní stanici obklopen množstvím bagrů, jeřábů, transportérů s bagry a je navlečený v tričku s bagrem. To samé má i teď pod stromečkem. Alyson se bezelstně raduje nad dvakrát Člověče nezlob se, nad třemi sadami s Dámou, Halma a stolní hrou Husičky domů. To je ten problém s dvěma rodiči, dvěma babičkami, dvěma dědečky, dvěma strejdy a dvěma tetami. Ale co, Vánoce, Vánoce přicházejí, zpívejme přátelé.

Móda mladých milenců

Móda mladých milenců mě zatím neoslovila. Kdo ví, třeba není ještě všem dnům konec.

Už před několika lety, když jsme s děvčaty v nejlepších letech byly jako dámská jízda v Turecku, mohly jsme tam sbírat první zkušenosti. Jednoho večera už jsme měly nad hlavu umělého hotelového světa, i rozhodly jsme se, trochu se ponořit do normálního života. Moc daleko jsme nedorazily, ono se po písku špatně chodí, a tak jsme zarazily v prvním plážovém baru. Když jsme se s chutí nacpaly jehněčím na špízu po turecku, tak se bar pomalu vylidňoval a hoši z obsluhy nás začali obskakovat. Míchali nám chutné, ale silné koktejly, pustili nám muziku, NE TURECKOU, a vyzvali nás k tanečkům. Tak to ano, to se nám zamlouvalo. Když se na mně ale můj tanečník začal tisknout, tak to ve mně nevyvolalo žádnou erotickou náladu, ale můj oblíbený záchvat smíchu. Byl tak ve věku mých synů a já uslyšela v duchu jejich hlasy: Teda, mami, ty už blbneš na entou. Můj ctitel se urazil a počal se věnovat kamarádce. Ta se zmohla jen na hihňání z rozpaků, tedy také nic moc. Byli zřejmě zajetí na sexu lačné turistky. Nejlepší karty si vytáhl ten, který se věnoval frustrované přítelkyni. Dělal jí poklony, že vypadá tak na 35 let maximálně, jen zářila a moc jí to fakt slušelo, a naléval do ní další koktejly. Nejlépe se bavila setřenice, s kterou vedl anglickou konverzaci doraziviší starší majitel baru. Když už jsme se dost vyhihňaly, vykonverzovaly a vytancovaly, tak jsme zatroubily k odchodu. Jen ta frustrovaná kámoška se bránila

„Néé, já ještě zůstanu, kdy naposledy jsem sklízela takových komplimentů," pravila poněkud rozmazaně. Chtěla jsem ji násilím popadnout a odvléci, ale její ctitel se zaručil, že ji za chvilku doprovodí do hotelu. Tak mě setřenice popadla a se slovy: Co děláš, je jí snad šestnáct let? Není, je jí přes padesát, tak snad ví, co dělá! A vystrčila mě ze dveří.

Nakonec jsem to tedy uznala a my tři jsme bez úhony a v dobré náladě dosáhly branky hotelové zahrady. Tam jsme trochu znejistěly, stál tam v plné zbroji security chlapík. No, snad kamarádku dovnitř pustí, i když neumí ani slovo žblebtnout v nějaké světovém jazyce. Na Turkyni tedy nevypadá a na teroristku také ne. Tak jsme ho pro jistotu připravily na její pozdější zjevení. Za krásné vlahé noci jsme se usadily na balkóně a pozorovaly hvězdy a skomírající noční život. No, trvalo to dost dlouho, ale stejně bychom starostmi neusnuly. Konečně! Statečný security nesl něco v náručí. A ona to byla naše dobrodružka. Její galán dovnitř nesměl, tak ji odnesl ten hlídač. Nejtěžší byl pro něj výstup po vstupním schodišti. Za plného osvětlení z foyer jsme zděšeně přihlížely, jak mu neustále klouzala z rukou jak leklá ryba. To nás vzpamatovalo, i letěly jsme si ji vyzvednout. Společnými silami jsme ji dovlekly do výtahu a na pokoj. Jen se usmívala jak sfinga a nebyla schopná jediného slova. Tak jsme ji polily studenou vodou, to ji trochu vzpamatovalo: Nic holky, dobrý, chci do postele. Ráno se probudila vyspinkaná do růžova, ale nic jsme se od ní nedozvěděly, nic si nepamatovala. Jen jí bylo divné, že jí chybí kalhotky.

Ještě že se to nestalo mně. Mě by ten securita neunesl a praštil by se mnou na schody.

Ani v události novějšího data mě vyhlídka na mladého milence neoslnila. Stalo se to opět v Turecku v hotelu v Antalyi. Tentokrát byl v dámské skupince opět jednou můj manžel. Když ho totiž destinace osloví, tak se prohlásí za Mirku a žádá si povolení o zařazení. Holky se radují, to víš že jo, my jsme rády, umíš nejvíc řečí, žádnou srandu nezkazíš a jsi z nás nejzkušenější řidič. Tak s námi Míra jezdí, jako v dávných časech baleťák František s děvčaty z divadla. Jo, jeden diametrální rozdíl mezi Frantou a Mírou by tu byl. Míra nám na cesty nikdy nic NENAPEČE.

Když jsem po opulentní večeři prohlásila, že si jdu zaplavat do hotelového bazénu, tak na mě celá skupinka koukala jak na blázna. Krásně jsem se vyplavala v poloprázdném bazénu a umlčela výčitky svědomi po těch gurmánských orgiích. I když tedy u mě se o velkém vydání kalorií při plavání mluvit nedá. Plavu takovým tempem, že se mě na Eixersee ptal jeden plavec, takový ten, co uplave pod vodou pět metrů, pak se mu vynoří nos a ústa, zalapá po vzduchu a opět zmizí na pět metrů pod vodu. Tak ten mě při tom lapání po vzduchu zaregistroval, udiveně se na mě zahleděl a povídá: Já jsem slyšel, že je tady někde uprostřed jezera písečný ostrůvek. Tak si plavu dál a odvětím, že o tom tedy nic nevím. A on na to: Jémine, já myslel, že na něm stojíte. VEJTAHA!

Po úspěšném ukončení dne v bazénu si užívám dosyta teplou sprchu a celá příjemně unavená otevřu kabinku, současně se ale otevřou dveře té sousední a tam se zjeví jinoch v celé kráse, tedy lépe vybavený než David ve Florencii. A prý: Schöne Frau, nechtěla byste žhavou masáž? To mě tak vyděsilo, pohled na bazén jen se dvěmi černými hlavami to ještě umocnil, NOW, vyrazila jsem ze sebe, využila výhody, že už jsem byla naditá v koupacím plášti, vysmekla jsem se tápající chlupaté ruce a pro mě v zcela neobvyklém tempu, rychlostí prchající dívky obávající se o své panenství, jsem se zastavila až ve výtahu. Hu, klesla jsem celá rudá na volné křesílko v přátelském kroužku, který už si užíval lahvinky červeného. Když jsem jim tu událost vylíčila a shrnula to tím, že to pro mě byl vlastně kompliment, tak mě setřenice zpražila: To nevíš, kolik bys za tu masáž musela zaplatit?! No jo, tak mě zase vrátila na zem.

Kšeftman Jirka

Můj oblíbený strejda mi sice přitakává, když se rozčiluji nad šejdířstvím svého synovce, ale jednu jeho aktivitu musí prý docela obdivovat. Když byly moderní ploché kalkulačky, v Čechách ještě úzkoprofilové zboží, zavětřil Jirka novou obchodní šanci. A když se tak neustále nalehko pohyboval tenkrát ještě přes hlídanou hranici, stal se posléze policajtům velmi nápadným. Také už nebyl žádný čistý list papíru.

Tak se na něj zaměřili a prý: Pane Hradil, račte k osobní prohlídce, my se podíváme, zdali skutečně nemáte žádné zboží k proclení. Tady se nám pěkně vysvlečte... a na chvilku opustili kancelář. Jirka měl pochopitelně jednu krásnou plochou kalkulačku ve vnitřní kapsičce, tak kam honem s ní? Šup a strčil ji fofrem do příhodné mezery v psacím stole. A už tu byli dva úředníci, a k jejich velkému překvapení dopadla prohlídka negativně.

Ne, že by si Jiříček oddechl. Naopak ho velmi hnětlo, že o tu kalkulačku přišel. I rozvinul obdivuhodné aktivity v rodném městě, až se mu skutečně podařilo zjistit, že jedna elektrofirma bude na policejní stanici opravovat elektrické vedení. Dále vypátral, že ve firmě pracuje jeden jeho bývalý spolužák. Městečko je pochopitelně plné jeho bývalých spolužáků, které všechny vede ve své evidenci. I začal do něj hučet svým osvědčeným způsobem čvrtodenní zimnice, až ho uondal a ten elektrikář skutečně sáhnul do přesně popsané mezery. Kalkulačka tam ještě ležela, tak ji bez problémů propašoval ven, kde už čekal natěšený ale nedůvěřivý Jirka. Vůbec by mě nepřekvapilo, kdyby mu tu zachráněnou kalkulačku se ziskem prodal.

To bylo radosti - opět žádné ztráty v obchodní činnosti!

Epilog

Probírali jsme s přítelem, který je o deset let starší podzim života. Říkali jsme si, že už nám zima klepe na dveře a on mě uzemnil svým přáním, že by chtěl zemřít na milence. Pak se na vteřinu zarazil a pravil: Ačkoliv nevím, co bych na ní dělal.

Ediční poznámka: Nakladatelství Klika nezodpovídá za redakci a korekturu německého textu.

Obsah

Paní učitelka 4
Na skok na Rujánu 20
Israel - Kibuc 32
Dominica 48
Cinque Terre podruhé, a to se nemá dělat… 66
Život se psy 74
Marcellova Sardinie 84
Afektivní záchvaty našeho vnoučka 100
Virtuelní vyšetření zažívacího traktu 110
Bagrista 118
Sexuální výchova 124
Divadelní scéna u babičky 130
Losi lesní a silniční 136
Pravdomluvnost dětí 144
Rošťák 148
Láska po italsku 152
David v otcovské roli 158

Inhalt

Frau Lehrerin...5
Reisebericht - Kurzurlaub auf Rügen.............21
Israel..33
Dominika..49
Cinque Terre zum zweiten Mal.....................67
Hundeleben..75
Marcellos Sardinien......................................85
Affektive Anfälle...101
Virtuelle Untersuchung...............................111
Der Baggerfahrer..119
Sexuelle Aufklärung...................................125
Theater mit Oma...131
Wald-und Straßenelche...............................137
Ehrlichkeit der Kinder................................145
Rabauke..149
Liebe auf Italienisch...................................153
David als Vater...159

České povídky

Miss Hygeia..163
Hygeia..165
Babičkovské dobrodružství.........................176
Moje jediná česká matka v Hannoveru
– bohémská Jana..181
Bratranec René..184
Františkovy Lázně.......................................188
Teta startka..196
Česká Čína...200
Český řemeslník..201
Drobotiny...204
    Řečové bariéry.....................................204
    Rozdílná postavení k životu................205
    Vánoční dárky......................................206
Móda mladých milenců...............................208
Kšeftman Jirka..212
Epilog...214

Drobotiny
Kleinigkeiten
Hana Heřmánková
fam.hermanek@htp-tel.de

Vydalo nakladatelství Věra Nosková – Klika
Praha 2016
www.nakladatelstviklika.cz
vnoskova@centrum.cz

Sazba a obálka: Tomáš Nosek
Ilustrace na obálce: Jana Trávníčková-Kosmanová

Vytiskly Těšínské papírny, s.r.o.
Český Těšín
První vydání
220 stran